Codice ISBN: 9798843734374

Copertina disegnata da: Martina Donata Forte
Casa editrice: Independently published

A tutti coloro che Sognano, con coraggio.

IL CORAGGIO NON HA PAROLE

un romanzo di Melissa Campisi

I

Ci volle qualche secondo prima che il vecchio Anselmo Bruno potesse mettere a fuoco la causa del suo risveglio. Ares lo stava fissando con gioiosi occhi neri e con la lunga lingua di fuori pericolosamente vicino alla sua bocca.

<<Giù bello!>> fece il vecchio con voce roca, dando una leggera pacca al cane che scondinzolando balzò sulla sua cuccia, lo sguardo fisso sul suo padrone.

Anselmo si stirò le braccia e si mise a sedere sul bordo del letto. L'aria dentro la sua piccola casina era pungente. Le pareti di legno, dopo parecchi anni di ottimo servigio, non riuscivano più a tenere così bene l'umidità all'esterno. Le ossa di Anselmo scricchiolarono rumorosamente quando fece per alzarsi e Ares piegò la testa di lato incuriosito.

<<Non sono così giovane come appaio ai tuoi occhi>> rispose alla domanda che immaginava si fosse posto il cane.

Come prima cosa rinnovò il fuoco nel suo caminetto, poi come da abitudine segnò una croce sul calendario a indicare l'inizio di un nuovo giorno.

<<E' il primo aprile del 1990, Ares!>> il cane sentendosi chiamare lo raggiunse subito, sfregando il muso sulla sua mano. Un mare di acqua salata riempì gli occhi di Anselmo, che fissava l'inizio di un nuovo mese, avrebbe scommesso che sarebbe stato identico e banale come il precedente. Con labbra tremanti pronunciò:

<<Che il resto dell'anno sia sereno e che la salute non ci abbandoni>>

Wof!

Fece di rimando il cane.

Anselmo sfogliò velocemente il calendiario appeso al muro fino ad arrivare al giorno che gli interessava: il 17 giugno. Sarebbe stato un sabato e avrebbe allora compiuto settantacinque anni. Si incupì perché tanto non sarebbe interessato a nessuno.

Anselmo viveva in una casa di legno piccina, ai margini di un piccolo lago. Un tempo la zona era stata meta di turisti ma ormai neanche le cinquecento anime che abitavano il borgo di Castelmezzo se ne interessavano più. Castelmezzo distava cinque chilometri dalla casa di Anselmo ed era il classico paesino in cui ti imbatti per sbaglio mentre stai percorrendo una strada che ti porti a una meta più appetibile. Il castello da cui prendeva il nome sorgeva ancora maestoso al centro della città. Ai tempi della sua costruzione, secoli prima, lo si poteva ammirare circondato da due grandi laghi, centro di molte attenzioni da parte dei governatori della zona. Uno di questi laghi non esisteva più, i cambiamenti climatici ne avevano alterato la storia; l'altro era quello che Anselmo aveva la fortuna di osservare ogni volta che metteva il naso fuori dalla porta o alzava lo sguardo oltre la finestra posta ai bordi del suo letto. Aveva però dimensioni molto più ridotte rispetto a quanto i libri di storia locale riportassero. Castelmezzo era a tutti gli effetti un paese morto, ottimo per ospitare anime sperdute come quella di Anselmo. Era un luogo che metteva i brividi ai pochi turisti di passaggio che avevano l'idea di aggirarsi per quelle strade. Infatti tutto quello che Castelmezzo avesse ormai da offrire erano vecchi bisbetici, cibi scadenti, bevande annacquate e benzina dai prezzi esorbitanti. Ma i Castelmezzani non avevano di certo nessuna intenzione di spostarsi da dove si trovavano, anche se a pochi passi da dov'erano ci si poteva imbattere in grandi città come Trento.

Anselmo non aveva vicini, la prima casa in cui ti potevi imbattere distava un chilometro dalla sua e apparteneva al vecchio contadino Enol, l'unica compagnia umana di cui ogni tanto riusciva a circondarsi. La casa di Anselmo aveva comunque tutto ciò che un uomo solo e un cane potessero desiderare. L'aveva ristrutturata con le proprie mani nei lunghi quindici anni che ci aveva vissuto. Entrando potevi trovarti di fronte a un unico locale di 30 mq con al centro un caloroso camino. Adiacente al muro alla sinistra un letto singolo e un armadio del settecento facevano ancora il proprio lavoro. Per il resto la vecchia cucina a legna appariva sovrana di fianco al piccolo tavolino in legno di castagno che era stato posto al suo fianco. Aprendo poi una porta entravi nel bagno che aveva costruito Anselmo dopo aver comprato la casa ed essersi accorto che ne era privo.

Anselmo prese una pesante felpa dall'appendiabiti all'ingresso che ciondolò sotto il peso delle troppe giacche. Dopo aver posto un po' di acqua in un pentolino lo appoggiò accanto al fuoco e ci immerse una bustina di té. Si lasciò cadere sulla poltrona di fronte al camino con Ares che prese subito posto al suo fianco.

Anselmo fissò i suoi azzurri occhi in quelli tondi e neri del cucciolo.

<<Sono già quattro anni che mi fai compagnia>> gli diede una pacca sulla testolina e Ares di risposta gli mostrò un canino che il vecchio interpretava come il suo buffo modo di fargli un sorriso.

<<La prima volta che ti ho visto ti si potevano contare le ossa tanto eri magro ed eri tutto sporco, ti ricordi?>> fece ancora <<Mi hai visto in paese e mi hai seguito fino al mio pick – up>>

Wof!

<<Si è vero ho provato a farti scendere, ma per fortuna tu sei un testardo!>>

Ares chiuse gli occhi, appoggiando il muso sulle

sue zampe mentre Anselmo iniziò a sorseggiare il suo té che accompagnò con qualche fetta biscottata. Dieci minuti dopo si alzò per mettere un'altra pentola, questa volta più grande, sul fuoco. Poi si strinse nella felpa e uscì ad avviare il motore che forniva elettricità alla sua casina. Quella mattina aveva necessità di utilizzare il suo rasoio per dare una spuntatina alla barba che ormai cresceva incontrollata. Non aveva mai fatto richiesta al comune di Castelmezzo per avere luce, acqua e gas in quella casa dimenticata da Dio. Tutto quello che necessitava glielo forniva un camino, una cucina a legna e un gruppo elettrogeno. Questo era un motore in grado di fornirgli l'elettricità, che ricaricava con benzina. Aveva poi posto nel retro della casa un serbatoio che periodicamente faceva riempire di acqua potabile. L'acqua però fuoriusciva gelida dai rubinetti, per questo motivo doveva riscaldarne un po' prima di lavarsi. Era una vita semplice che non gli dispiaceva perché avere poche comodità lo costringeva ad alzarsi dalla poltrona per svolgere tante piccole faccende che sommandosi gli permettevano di occuparsi l'intera giornata. Non amava stare fermo, il silenzio e l'ozio portavano con sé ricordi dolorosi.

Finì per radersi completamente il viso. Prese la pentola dal fuoco e si preparò per una veloce doccia. Voleva iniziare quel nuovo mese prendendosi cura di un corpo che per troppo tempo aveva finito per trascurare. Gli anni ormai facevano effetto sulle sue ossa che qualche giorno dolevano più di altri.

Era da poco sorto il sole quando finì. Prese le chiavi del suo Ford F100 e con un fischio chiese ad Ares di prendere posto sul sedile del passeggero. L'auto borbottò prima di riuscire a mettersi in moto; per cui fece retromarcia e un minuto dopo aveva già imboccato la strada principale, direzione Castelmezzo. Accese la radio, pochi secondi e una voce si sentì cantare *viva la mamma, affezionata a quella gonna un po' lunga, così elegantemente anni cinquanta, sempre così sinc...* spense la radio. La sua, di mamma, era stata la donna più buona che avesse mai conosciuto ma anche quella meno coraggiosa. Anselmo coglieva nel suo sguardo disapprovazione, paura e disprezzo tutte le volte che da piccino il padre lo picchiava usando una cintura. Disapprovazione che non era mai seguita da un atto per fermarlo. Anselmo aveva subito un'educazione autoritoritaria, non c'era stato spazio per il proprio pensiero nella sua prima casa. Il cartello che segnava l'inizio di Castelmezzo si fece sempre più vivido. Il povero vecchio ebbe non poche difficoltà a metterlo a fuoco ma non si sarebbe mai arreso a una visita oculistica. L'ultima volta che aveva visto un dottore non aveva avuto dolci parole per lui: *il tuo stile di vita ti porterà alla morte*. Le parole ancora risuonavano nella sua testa. Se la morte fosse venuta a trovarlo nessuno se ne sarebbe accorto. Si volse verso Ares: forse qualcuno sì.

Si accese una sigaretta e accelerò appena affinché il vento fuori dal finestrino potesse rinfrescargli anche i pensieri.

Come prima tappa riempì il pick – up di benzina versandone un po' anche in un barile che sarebbe servito a nutrire il motore che gli forniva l'elettricità. Issò a fatica il barile sul retro del Ford poi ripartì. Per la sua seconda tappa dovette percorrere mezzo chilometro di strada sterrata prima che un cartello traballante gli mostrasse l'inizio della *Fattoria Quattrovalli*. Questa era da sempre stata gestita da generazioni di contadini. Nessuno pareva essersi occupato mai di altro mestiere in quella famiglia. Era quindi molto apprezzata, nel piccolo popolo di Castelmezzo, per la qualità delle sue verdure.

<<Ehi! Guardate chi torna in mezzo alla civiltà!>> urlò Marco il più giovane della famiglia e anche l'ultimo dei sedicenni che ancora vivevano in quel paesino.

Anselmo spense il motore e lo salutò con una smorfia.

<<Resta qui>> bisbigliò ad Ares che rimase immobile dov'era.

<<Come stai?>> Marco gli poggiò una mano sulla spalla <<dovresti uscire un po' più spesso da quella casa>>

<<Per favore non tormentare un povero vecchio>> non era la prima volta che Marco tentava di convincerlo a una vita più sociale.

<<Dove sono i tuoi genitori?>>

<<Con i nonni e Marta a festeggiare il suo compleanno>>

Anselmo annuì.

<<Davvero non ti annoi a stare sempre solo?>> insistette Marco.

<<Davvero tu e tua sorella sognate un futuro in questa fogna di Castelmezzo?>>

La provocazione colpì Marco come una lama. Il ragazzo gli fece strada e lo accompagnò in salotto dove si trovavano i suoi genitori poi svanì, cupo. Potè per un'istante cogliere Marta sparire anch'ella dietro una porta. Una giovane ventenne piena di vitalità, Anselmo sperava che riuscisse a trovare un modo per tirare lei e suo fratello fuori da quel paesino senza speranza. Sapeva che lei aveva creato un qualche apparecchio capace di aiutare, non poco, i contadini nel lavoro quotidiano; non se n'era molto interessato ma i suoi genitori una volta si erano vantati della sua idea di metterlo in commercio.

Comprò le verdure e ripartì. Una volta arrivati al centro del paese sapeva che l'unico negozio aperto a quell'ora del mattino sarebbe stato proprio quello di cui aveva bisogno. Ares riconobbe quella che sarebbe stata la loro prossima fermata e cominciò ad agitare la coda in una vivace danza della gioia. Una volta spento il pick – up guaì per chiedere ad Anselmo di farlo scendere. Fu accontentato. Il vecchio con un mesto sorriso, suonò il campanello della macelleria.

Il macellaio Terry Brooks lo stava già aspettando.

Anselmo offriva la sua presenza agli abitanti di Castelmezzo solamente il primo giorno di ogni mese, giornata in cui abitualmente svolgeva le stesse commissioni, acquistando i soliti prodotti. Terry gli porse due buste colme delle migliori carni già selezionate poi lanciò un grosso osso di mucca a Ares che lo addentò al volo.

<<Grazie>> Anselmo porse le banconote al macellaio e fece per andarsene.

<<Non aggiungi nient'altro?>> fece Terry <<dai vieni qui! Sono contento di vederti!>>

Con un rapido e imprevedibile movimento il macellaio avvolse Anselmo in un abbraccio. Questi impallidì per la sorpresa.

<<Per favore caro Terry, non farlo mai più.>> il vecchio Anselmo divenne rosso in volto mentre Terry gonfiava la pancia in una grossa risata.

Anselmo fece un fischio al cane e lasciò che la porta della macelleria si chiudesse alle loro spalle. Nonostante odiasse la solidutine, il vecchio ci si era negli anni sprofondato all'interno come un cane che ha imparato a liberarsi dal suo guinzaglio ma rimane comunque ubbidiente al suo padrone. Il padrone di Anselmo era la solitudine, se l'era legata addosso come un sudicio mantello, a ricordargli sempre la punizione per quella che riteneva la sua più grande colpa, il motivo che lo aveva spinto a rifugiarsi a Castelmezzo. Scosse il capo per non ricordare: i ricordi erano solchi sul suo cuore. Pensò invece a Terry Brooks, era un uomo sulla quarantina che si era trasferito dalla Svezia all'anonimo paesino di provincia italiano dopo la morte della moglie. Un lutto che l'aveva segnato nel più profondo dei modi. Castelmezzo era una calamita per le persone che soffrivano. L'aria era così pregna del dolore di tutti i suoi abitanti da apparire soffocante.

Prima di mettere in moto il pick – up Anselmo potè notare con la coda dell'occhio Carmela, un'anziana signora originaria di Agrigento, come lui. Sapeva trovarsi lì per una questione di debiti, si nascondeva dai suoi creditori. Il creditore più incallito era stato però proprio lo Stato, l'aveva perseguitata affinché ripagasse i suoi debiti che aveva accumulato fra investimenti sbagliati e gioco d'azzardo. Avendo già dovuto vendere tutto quello che possedeva, rischiando la prigione per truffa ai danni dello Stato, lei era fuggita. Carmela era a tutti gli effetti la donna che non esisteva. Priva di documenti e di un'identità che aveva lasciato appositamente ad Agrigento, vagava per le poche strade del paese sempre a testa bassa, cercando di farsi notare il meno possibile ma grata a quei cuori infranti dei suoi compaesani per non aver mai tradito la sua fiducia e per averla aiutata a nascondersi nel più triste dei paesi. In effetti le anime perse di Castelmezzo erano anche coloro che contribuivano alla sua esistenza e che le fornivano a titolo gratutito lo stretto necessario che le poteva occorrere per sopravvivere. In cambio lei dava la massima disponibilità a prestare assistenza nelle attività che lo richiedevano.

Il pick – up emise un lamento e poi si accese. Anselmo invertì la rotta e proseguì spedito fino a casa. Una volta superato il cartello che informava della fine del comune tirò un sospiro di sollievo. Abbassò il finestrino, l'aria appariva già più leggera. Lanciò uno sguardo ad Ares, non stava più mordicchiando il suo osso ma lo teneva stretto fra le sue zampe come un premio che aveva vinto: miglior cane del mese. Anselmo sapeva che una volta arrivati sarebbe scomparso qualche ora alla ricerca di un posto in cui seppellirlo. Quindici minuti dopo spense il motore di fronte a casa sua. Non appena aprì lo sportello Ares prese una rincorsa e svanì dietro alcuni alberi.

Anselmo era intento a scaricare i suoi acquisti quando notò che il vecchio Enol si trovava a pochi passi da lui. Aveva portato a pascolo le sue sei mucche. Ad Anselmo scappò un ghigno di divertimento immaginando il cimitero di ossa di mucca che Ares aveva creato in qualche punto indefinito del bosco negli ultimi quattro anni. Se c'era una cosa che Enol non si stancava mai di ripetere era infatti:

<<Nascondi quella carne di vacca alle mie donzelle lo sai che le mie mucche...>>

<<*sono sensibili alla vista della carne*>> ripetè Anselmo fingendo un tono seccato <<Lo so. Ma mi sembra una sciocchezza>>

Enol grugnì qualcosa a denti stretti.

<<Mi serve un po' del succoso frutto delle tue *sensibili* mucche>> lo prese in giro Anselmo.

Enol lo sapeva già e gli porse una busta con latte e formaggi di sua produzione. Anselmo fece per tirare fuori il portafoglio ma lui lo fermò.

<<Ho mai accettato il tuo denaro?>>

<<Vorrei che una volta di queste lo facessi, invece>>

<<E' sufficiente che tu mi lasci il permesso di pascolare le mie mucche in questa splendida zona>>

<<Sai che io ho comprato solo la casa e non l'intero lago, vero?>>

<<Ciò che è davanti a casa tua ti appartiene>> fece Enol serio.

Anselmo rise, un suono che le sue orecchie non udivano da parecchio tempo. Enol aveva la sua età ed era l'unico abitante di quella zona con cui volesse di tanto in tanto passare del tempo. Forse anche un testardo come Anselmo ogni tanto doveva concedersi del sano chiacchiericcio per non ammattire. Enol Castello lo notavi da parecchi metri di lontananza grazie al folto cespuglio di rossi capelli che fioriva sulla sua testa. Proveniva da una stirpe che si narrava essere fra i primi fondatori del borgo di Castelmezzo. Senza documenti che lo attestassero Anselmo sospettava fosse solo una bugia nata dalla coincidenza del suo cognome.

Enol era un contadino senza alcuna famiglia, rimasto orfano in tenera età non aveva mai potuto conoscere la calda atmosfera di una casa accogliente. Era cresciuto con un gruppo di suore che all'epoca vivevano in un convento che affiancava la Chiesa del paese prima che anche la religione abbandonasse quel posto e prete e suore facessero le valige. Ma questo avvenne quando Enol era ormai un giovane ragazzo in grado di badare a sé. Impiegò un anno a costruire con le sue mani e con l'aiuto del suo amico, Edmondo, la sua fattoria, quella che ancora lo ospitava e al quale aveva dedicato l'intera anima. Edmondo e Enol avevano trascorso intere giornate insieme fra sudori e fatiche per porre mattone dopo mattone a quella che dopo non poco sarebbe diventata la casa di entrambi. Presto infatti l'amicizia che legava Enol e Edmondo era diventata una storia d'amore, delle più passionali che si potessero conoscere. Enol, che non aveva mai compreso il calore di una casa, finalmente potè godersi l'ardore della sua. Ma non erano stati tempi rosei, i suoi, affinché potesse avvenire che un uomo sposasse un altro uomo e così quel maledetto posto che era Castelmezzo aveva potuto godere anche del suo di cuore infranto quando l'unico ragazzo che avesse mai amato aveva fatto le valige alla ricerca di una sorte più favorevole. Era andato via, nella speranza di trovare un posto dove non avrebbe dovuto patire l'odio delle persone, lasciando il cuore di Enol, solo per sempre. Egli, infatti, non aveva mai più lasciato quel posto e non aveva mai più visto nessun altro luogo che non appartenesse ai confini di Castelmezzo.

<<Passi stasera per uno scotch in compagnia?>>

proferì Anselmo.

<<Ho mai detto di no?>> Enol si allontanò insieme alle sue mucche.

Ben presto l'unica cosa che Anselmo riuscì a distingere furono il fuoco dei suoi capelli e i quadri della sua camicia. Finì allora di scaricare il suo pick – up riponedo tutto in casa. Non avendo l'abitudine di utilizzare l'elettricità conservava la verdura cuocendola prima e riponendola poi sott'olio o sottovuoto. La carne invece la essiccava o riponeva sottosale.

Quando arrivò sera aveva finito di preparare alla conservazione solo una minima parte degli alimenti che aveva comprato. Ripose i vasetti sulle mensole e si preparò a tagliare delle patate. Dieci minuti dopo si apprestò a metterle sul fuoco quando con un tonfo la porta di ingresso si aprì. Anselmo sussultò e nel girarsi si ritrovò il muso sporco di Ares che lo fissava allegro. Quel furbo di un cane aveva imparato ad aprire la porta d'ingresso, da qualche mese, e non mancava di dimostrare al suo padrone la sua nuova abilità. Ares fece qualche passo avanti e impronte di fango lo seguirono.

<<Ares fuori! A pulirsi!>> gli ordinò inorridito Anselmo, non sopportava la vista del fango sul pavimento.

Ares capì e ubbidì iniziando a leccarsi le zampe appena fuori dall'ingresso.

<<Bravo cane>> gli fece Anselmo finendo di riporre le patate sul fuoco. Poi preparò qualche

bistecca, sapeva che Enol si sarebbe presentato per l'ora di cena e voleva farsi trovare pronto.

Alle 20:00 in punto l'amico, infatti, fece capolino dall'ingresso che Ares aveva lasciato socchiuso.

<<La cena è quasi pronta>> fece Anselmo senza voltarsi.

Enol si accomodò al tavolino facendo segno ad Ares di seguirlo.

<<Ti ha di nuovo messo in castigo questo padrone mascalzone?>> Ares strusciò il suo muso sulle sue gambe.

Anselmo ripose alcune pezzi di carne in una ciotola che mise a terra per il cane per poi preparare i piatti per sé e il suo amico. Bistecca con patate e una grande ciotola di insalata condita riempirono il piccolo tavolino.

<<Ho portato il pane>> fece Enol porgendogli una busta.

<<Non dovevi>> Anselmo notò che il pane era molto più di quello che serviva per quella cena <<Grazie>>

<<So che non lo compri mai nei tuoi acquisti del mese>>

<<E' difficile da conservare>>

<<Non se hai un congelatore come tutti *oppure* se vai più spesso a fare la spesa>> lo stuzzicò Enol.

Iniziarono a mangiare in un calmo silenzio riempito solo dalla piacevolezza della compagnia.

<<Il cuoco ha fatto un ottimo lavoro!> proruppe Enol, complimentandosi con l'amico.

<<Grazie. Chissà se sarebbe altrettanto buona la

carne delle tue mucche *sensibili*>>

Enol lo fulminò con lo sguardo e Anselmo scoppiò a ridere. Subito dopo anche Enol lo seguì.

<<Sei senza pietà, ti diverti a tormentare un vecchio>>

<<Abbiamo la stessa età, caro Enol>>

<<*Bhe*, io sono sempre stato più vecchio di te>>

Anselmo tornò a ridere, non era sempre facile capire quello che Enol volesse intendere.

Finita la cena l'amico tornò a complimentarsi.

<<Sei sempre più bravo a cucinare e sono prodotti eccellenti, compliemtenti>>

<<Grazie>>

<<Certo che è una fortuna per te, la tua pensione da ex militare>>

<<Non è una fortuna essere stato in guerra, Enol>>

<<No certo non mi fraintedere, però almeno tu puoi riposarti e avere comunque delle *entrate* a fine mese>> fece amaramente Enol.

<<Credevo amassi prenderti cura delle mucche e produrre formaggi>>

<<Lo amo, è vero. Ma a volte sono *così* stanco>>

Anselmo annuì, lo capiva. Gli anni trascorrevano in fretta e i loro corpi diventavano sempre più facili ai dolori.

<<Ho del denaro da parte, una vita in solitudine ha almeno il beneficio di poter risparmiare veramente tanto. Ma temo, Anselmo mio, che se smettessi di lavorare, morirei>>

Anselmo non commentò, la sua era una filosofia che condivideva. Molti dottori consigliavano riposo e svago alla loro età ma per Anselmo non comprendevano che per chi era stato abituato, come loro, a lavorare fin da bambini *fermarsi* poteva significare la disfatta del corpo, il decadimento, la morte. O almeno era una credenza che molte persone della sua età avevano.

<<Potresti comunque rallentare i ritmi, non hai bisogno di produrre così tanto formaggio. In più potresti chiedere al giovane Marco della Fattoria Quattrovalli di aiutarti qualche ora al giorno a mungere le tue mucche in cambio di qualche spicciolo e un po' del tuo latte. Quel povero ragazzo ha bisogno di andarsene da questo paese, uscire dalla sua casa potrebbe essere un'occasione>>

Enol si alzò di scatto sbattendo la mano sul tavolo. Ad Anselmo quasi venne un colpo e Ares accennò a un ringhio.

<<Anselmo, vecchio e saggio Anselmo. Tu hai *ragione!*>> sorrise <<potresti appena aver risolto tutti i miei problemi con una semplice frase>>

Enol si sporse in avanti e gli stampò un bacio sulla guancia.

<<Enol *per favore*>> ruggì Anselmo <<non ti azzardare mai più a...>>

Enol non gli fece terminare la frase:

<<Sei un grande, Anselmo! Vedo finalmente un po' di pace all'orizzonte!>>

Anselmo sorrise e si alzò a sparecchiare.

<<Lascia che ti aiuti, caro amico>> si propose Enol. Presero poi finalmente lo scotch che li aveva riuniti quella sera e ne versarono un po' in un bicchiere

prima di farsi di nuovo silenziosi.

<<Siccome sei in vena di consigli, ho una confessione da farti>> iniziò Enol.

<<Dimmi pure...>> rispose Anselmo confuso.

<<Ho ricevuto una lettera una settimana fa...>> Enol tirò fuori da una tasca interna della giacca una busta stropicciata e ancora sigillata e la porse ad Anselmo.

Questi la prese fra le mani con un'espressione corrugata, perché era difficile per lui mettere a fuoco le lettere. Lesse come prima cosa il nome del mittente: Edmondo Bianchi. Anselmo sgranò gli occhi e fissò con aria stupita il suo amico. Entrambi pallidi in volto, sembrava come se un fantasma dal passato avesse fatto irruzione nella stanza. E forse era proprio così. Non poche volte Enol aveva intrattenuto Anselmo in ricordi carichi di rammarico e malinconia che riguardavano il suo unico amore, Edmondo. Quella lettera appariva come il coronamento di tutti i desideri impossibili dell'amico... o forse la disfatta?

Anselmo si chiese che cosa potesse avere mai scritto quell'uomo, dopo così tanti anni.

<<Almeno sappiamo che è ancora vivo, alla nostra età non si può mai sapere>>

Enol diede una pacca sulla spalla dell'amico, sapeva che l'intento era quello di sdrammatizzare ma le sue budella si stavano contorcendo dall'ansia, così come le sue mani.

<<Puoi... puoi leggerla tu, Anselmo?>>

Questi ci penso sù qualche secondo, infine

acconsentì. Se il contenuto della lettera fosse stato spiacevole l'avrebbe immediatamente gettata nel fuoco. Avrebbe poi sicuramente dovuto affrontare l'ira di Enol, ma sarebbe stata meglio della sua infinita tristezza.

Così prese il tagliacarte che conservava da una vita, non aveva mai avuto l'opportunità di utilizzarlo ma finalmente ne colse lo scopo aprendo la busta. Sfilò piano la lettera e sentì lo sguardo terrorizzato di Enol colpirlo come potenti pugni.

<<Leggo ad alta voce?>> chiese infine.

<<Sì, ti prego!>> Enol non stava più nella pelle.

La lettera recitava così:

Mio caro Enol,

quanto tempo ho trascorso chiedendomi se scrivere o meno questa lettera.

Anni forse? O una vita intera? Quante volte la mia testa mi ha frenato perché un dubbio la coglieva: e se non ti ricordassi di me? Sono Edmondo, caro mio, Edmondo Bianchi, e ora te lo chiedo. Ti ricordi di me? Ti ricordi delle passeggiate in riva al lago al chiaro di luna? Era l'unico momento della giornata in cui potevamo tenerci mano nella mano senza che occhi indiscreti potessero coglierci. Ma tutti sapevano e tutti ci odiavano per questo. Perché era di questo che si trattava, di vero disprezzo che le persone ci lanciavano addosso come grandine. Mi sono sempre domandato, come facevi a sopportarlo con tanta scioltezza? Come facevi a fartelo scivolare addosso.

Quanto avrei voluto che il nostro amore fosse stato sufficiente anche per me, avrei voluto avere la tua forza ma invece sono fuggito come un coyote inseguito da tanti leoni. TU, caro Enol, sei sempre stato più forte di me. Ti ricordi quante notti passate in bianco perché i muscoli dolevano troppo per il tanto lavoro svolto ma non dolevano mai abbastanza perché questo ci frenasse da fare l'amore? Ti ricordi quanta gioia coglieva i tuoi occhi quando abbiamo finalmente posto l'ultima tegola che completava la nostra fattoria? Perché nostra sarebbe dovuta essere e io lo so, era il futuro che tu sognavi per noi e anche io per un momento l'ho sognato ma non è stato sufficiente perché l'odio che ci circondava cessasse di tormentarci, o almeno tormentare me. Sono fuggito, lo so, da te, dal nostro amore e anche da una vita forse più felice di quella che ho vissuto. Ho vissuto nella menzogna, caro Enol, una vita colma di bugie senza potere mai esprimere un amore che ho celato nel più profondo degli angoli del mio cuore.

Ho vissuto una menzogna e non me ne sono mai reso conto prima di questo momento. Ho rischiato di morire, ho combatutto una brutta forma di cancro. Ma tu c'eri sempre, c'eri nelle interminabili visite mediche, c'eri nei giorni successivi in cui il dolore era straziante. E mi sono stupito io stesso di quanto la tua "presenza" fosse insistente.

Ti sembra folle Enol? Ti sembro io folle per questo? Tu non lo sai ma anche prima di allora, anni fa, tornai nel posto che più mi incuteva paura: Castelmezzo. Ti venni a trovare. Non ebbi mai il coraggio di bussare ma assistetti da lontano a uno scorcio della tua vita e mi sorpresi e sai perché? Perché avevi raggiunto il tuo obiettivo: la tua era una vita semplice. Avevi una fattoria apprezzata e con mia grande sorpresa non vi era più l'odio che avevamo conosciuto. Lo avevi vinto! Eri stato più forte tu. E mi sono chiesto: avremmo allora avuto un futuro? Sono stato un folle a scappare Enol? Ti sono sembrato allora un folle? Non sai quanto pentimento investì allora il mio cuore, molto più pesante della malinconia che avevo sempre conosciuto. Ammetto che ti penso ancora e non mi importa a questo punto di sembrare un folle. Ho conosciuto la morte e ho capito che ti vorrei ancora nella vita. Ti chiedo allora vorresti incontrarmi ancora?

Forse ti sembrerà davvero assurdo, forse mi avrai dimenticato o dovrò sembrarti un estraneo dopo così tanti anni...

Ti prego rispondi perlomeno e dai pace al cuore di un vecchio.

Tuo, Edmondo

Anselmo non dovette alzare gli occhi dalla lettera per sapere che il suo amico stava piangendo a dirotto perché se anche a lui due lacrime erano scivolate sulle sue guance doveva essere un fiume in piena quello che cadeva dagli occhi di Enol. Prese la lettera con mani tremanti da quelle di Anselmo e senza proferire alcuna parola uscì dalla casa e prese la strada di ritorno al chiaro di luna. Anselmo sparecchiò e riordinò prima di coricarsi. Ares quella sera preferì, alla cuccia, il misero spazio ai suoi piedi per dormire. La mattina dopo aprì gli occhi, ancora scosso dalla lettera che aveva ricevuto l'amico. Si chiese se lui fosse riuscito a riposarsi, scommetteva di no.

Passò una settimana prima che potesse rivedere Enol. Trascorse quei giorni nella lentezza e nel silenzio più assoluto mentre terminò di prepare i barattoli contenenti il cibo da conservare. La lettera di Edmondo per Enol gli aveva causato all'interno un terremoto maggiore di quello che avrebbe dovuto, il motivo lo conosceva ma non lo ammetteva: anche lui aveva un *fantasma* che desiderava tornasse dal suo passato.

Anselmo stava cercando di pescare uno dei pesciolini che ancora vivevano nel piccolo lago fuori casa sua. Ares dormiva beato mentre caldi raggi di sole gli riscaldavano il pelo rossiccio. Anche Anselmo si decise a posare la canna da pesca e a distendersi sull'erba in attesa che qualcosa abboccasse al suo amo. Fu in quel momento che sentì dei familiari campanelli risuonare. Si voltò e vide le mucche di Enol farsi strada sulla distesa di erba. Enol era convinto che fosse Anselmo a fargli un favore lasciando pascolare le mucche in quel luogo senza sapere che in cuor suo quest'ultimo era più che contento che le mucche pascolassero per quei prati. Anselmo in quindici anni non aveva tagliato l'erba neanche una volta davanti casa sua. Richiuse gli occhi finché un minuto dopo una voce giovanile raggiunse le sue orecchie. Si alzò a guardare chi stesse per sopraggiungere quando notò Enol conversare allegramente con Marco Quattrovalli. Anselmo sorrise, Enol aveva davvero seguito il suggerimento che gli aveva dato.

<<Signor Bruno>> Marco gli corse incontro <<Ciao Anselmo!>>

<<Prima mi dai del *lei* e poi del *tu*?>> Anselmo si mise a sedere e Marco gli diede una pacca sulla spalla.

<<Non farlo!>> lo rimproverò Anselmo che detestava ogni forma di contatto fisico.

Enol nel frattempo arrancava sullo sfondo, non riusciva a stare al passo ad un giovane di sedici anni.

<<Vedo che da queste parti riesci a rilassarti all'aria aperta e io che pensavo stessi sempre in casa!>>

Marco si guardò intorno soddisfatto della vista. Quasi nessuno ormai di Castelmezzo faceva più visita al lago, gli abitanti del posto erano così ancorati alla propria tristezza da aver perso l'abitudine di apprezzare le piccole meraviglie della natura.

<<Come vanno gli studi?>> Anselmo deviò l'attenzione dalla provocazione che il ragazzo gli aveva lanciato.

Castelmezzo non aveva una scuola, perché non vi erano giovani. Marco si alzava alle cinque del mattino per poter prendere un autobus che lo portasse alla città e alla scuola più vicina. Ogni tanto con lui saliva anche sua sorella Marta che ormai aveva terminato gli studi ma che approfittava di andare in un'altra città per poter incontrare qualche amica. Avevano necessità di stare con persone della loro età. Marco nel pomeriggio si occupava di aiutare la famiglia nelle faccende che riguardavano la fattoria, come d'altronde anche Marta.

<<Tutto bene, Anselmo! Sono estasiato, la ragazza più bella della scuola sembra interessata a me!>>

<<La più bella della scuola, *addirittura*?>> lo stuzzicò Anselmo.

<<*Bhe*>> arrossì <<La più bella per me>>

Enol finalmente raggiunse i due:

<<Ho assunto Marco!>> proclamò al settimo cielo.

<<Lo avevo intuito>> Anselmo gli sorrise.

<<I miei genitori, devo dire, che ne sono contenti anche se adesso farò molta fatica a studiare e aiutare sia loro che Enol>>

<<Sei in gamba, Marco>> affermò, sincero, Anselmo.

Marco sorrise mostrando i suoi lucenti denti e carico di quel complimento corse verso le mucche per dirigerle verso una zona migliore dove potessero brucare l'erba. La sua infinita energia sfiancava Anselmo alla sola vista. Enol prese posto al suo fianco, sedendosi sul prato anche egli.

<<Gli hai risposto?>> chiese Anselmo, entrambi sapevano a chi si riferisse.

Enol fece segno di *no* con la testa.

<<Perché?>>

<<Non ti sembra abbia dell'assurdo questa faccenda, Anselmo? E se mi svegliassi e scoprissi che è tutto un sogno? O se la realtà fosse peggiore? Se lui non fosse più la persona che ricordo e rimpiango?>>

<<Proprio per questo incontrarlo ti chiarirebbe le idee>>

<<Non so se il mio cuore reggerebbe...>> fece Enol fissando le calme acque del lago.

<<E' una vita che aspetti>> insistette Anselmo.

<<Nella mia immaginazione Edmondo è ancora il ragazzino che conoscevo. Siamo entrambi vecchi adesso... nulla potrebbe essere più lo stesso. Noi non siamo più gli stessi>>

<<Immagino non saprai mai cosa potrebbe succedere se non fai la prima mossa, vecchio testardo!>>

<<Da te viene la predica! Da quanti anni non hai contatti con Gaetano?>>

Udire quel nome fu per Anselmo come una lancia che dall'orecchio si piantava al centro del suo cuore. La sua faccia mutò in un espressione di puro dolore e Enol si sentì una persona orribile. Fece per dire qualcosa ma Anselmo lo bloccò all'istante.

<<Stai zitto Enol!>> Anselmo si alzò e si diresse verso casa chiudendosi la porta alle spalle, lasciando Enol e Ares spettatori astanti della scena.

A quel punto qualcosa doveva avere abboccato all'amo perché la canna da pesca rimasta immobile fino a quel momento per poco non volò dritto nel lago. Enol l'afferrò e tirò con quanta forza avesse. Un minuto dopo Marco lo aveva già raggiunto di corsa per aiutarlo. Tirarono insieme finché dall'acqua saltò fuori un enorme luccio.

<<Signor Bruno!>> urlò Marco <<Anselmo! Guarda cosa hai pescato!>>

Anselmo sporse appena un occhio fuori dalla porta per capire a cosa fosse dovuto tutto quel baccano. Lo stomaco gli si era chiuso, non lo avrebbe di certo mangiato.

<<Lasciatelo libero!>> urlò nella loro direzione prima di richiudere la porta.

Enol e Marco si guardarono in faccia. Entrambi avrebbero avuto troppo da fare, non lo avrebbero mangiato di certo quella sera. Si sarebbe detto il giorno fortunato per quel luccio che se ne ritornò nel lago con qualche ferita.

Passò poco tempo prima che con un tonfo si aprì la porta di casa. Ares saltò all'interno della stanza con aria allegra che subito svanì alla vista del suo padrone in lacrime seduto sul pavimento vicino al camino. Erano state rare le volte in cui Ares si era imbattuto nel pianto di Anselmo che ai suoi occhi doveva apparire come l'uomo più forte del mondo. Il cane avanzò dapprima con passo incerto, indeciso sul da farsi poi annusò l'aria in cerca di pericoli. Non sembrava esserci il rischio di morte imminente per cui corse ad appoggiare il muso sulla spalla del suo padrone e tirò fuori la sua migliore espressione preoccupata.

Anselmo sorrise e si asciugò gli occhi.

<<Va tutto bene, Ares. Un vecchio che piange è l'ultimo dei tuoi problemi>>

Si issò da terra con molta fatica e fece per chiudere la porta di ingresso quando con sua sorpresa trovò ciascuno dei suoi attrezzi da pesca in ordine. Un biglietto riportava la parola *scusa*.

Anselmo lo prese e lo appoggiò sul tavolino della cucina senza distogliere l'attenzione da esso. La sua testa però vagava ormai altrove, lontano, nei ricordi peggiori che custodisse. Anselmo si sentiva arrabbiato ma non con il suo amico bensì con se stesso.

La persona a cui si era riferita Enol era suo figlio, Gaetano. Aveva quarantadue anni e abitava ad Agrigento. Era sposato con Pamela, di cinque anni più giovane. Insieme crescevano tre figli: Carlo il più grande, di sette anni, Krizia di sei anni e Francesco di due anni. Krizia era la più dispettosa ma anche la più intelligente della famiglia, Francesco era un bimbo silenzioso ma molto curioso e Carlo era un bambino molto ligio al dovere, studiava tanto ma riusciva appena a stare al passo con la bravura della sorella. Gaetano e Pamela si conoscevano da dieci anni, erano una coppia molto affiatata e fiera dei loro bambini. Economicamente non avevano problemi, entrambi lavoravano in un'azienda rinomata in città. I figli frequentavano scuole private e indossavano, sebbene l'età, vestiti di alta moda. Anselmo possedeva tutte queste informazioni ma non aveva mai conosciuto i suoi nipoti e neanche Pamela. Non parlava con suo figlio da oltre quindici anni e tutto quello di cui era a conoscenza era filtrato dalle parole di vecchi amici che abitavano ancora ad Agrigento e a cui gli era capitato di riuscire a domandare di Gaetano. Ma ormai erano anni che non aveva notizie di lui e gli si torceva il cuore in petto ogni volta che pensava a suo figlio. Si domandava allora che uomo fosse diventato, a chi somigliassero i suoi nipoti, se era felice della sua vita, che musica ascoltava, se era a conoscenza del fatto che suo padre, lui, fosse ancora vivo. Ogni volta che lo coglieva la voglia di scrivere a Gaetano vividi diventavano i ricordi della sua più grande colpa e della sua più grande vergogna: il motivo per cui non si parlavano più, il motivo per cui Castelmezzo ospitava anche la sua, di anima infranta. L'enorme imbarazzo e pentimento per ciò che era successo, la paura del rifiuto da parte di Gaetano erano così imponenti che a volte Anselmo si sentiva soffocare. La solitudine in cui si era tuffato era un mare in cui pensava di meritare di nuotare: la sua personale punizione per avere dato inizio a un litigio che quindici anni dopo ancora segnava il rapporto con il figlio e che aveva inaridito le sue speranze.

II

Era tarda notte quando la porta di casa di Anselmo si aprì di scatto, seguita da un tonfo sordo. Anselmo balzò a sedere sul letto, Ares era ai suoi piedi e ringhiava verso un angolo buio della casa.
<<Chi va là?!>> gridò Anselmo carico di uno spavento madornale.
Un'ombra si mosse e presto Anselmo riuscì a distinguere il braccio di qualcuno tendersi verso di lui. Ares fu velocissimo, in una sola mossa mostrò i denti che lo avrebbero azzannato.
MHHHH un verso straziante riempì la stanza.
<<Chi va là?>> ripetè allora Anselmo.
Non ricevendo risposta trovò allora il coraggio di accendere la lampada ad olio che teneva sempre a fianco al suo letto. Quello che potè vedere fu allora un giovane ragazzo tenuto a terra dal ringhio minaccioso di Ares. Si stringeva il braccio in una smorfia di dolore lì dove il cane aveva morso. Anselmo per un attimo pensò si trassasse di Marco Quattrovalli, l'unico giovane in quel buco di Castelmezzo ma Ares non lo avrebbe mai attaccato. Fece allora un passo traballante avanti in modo che

i suoi vecchi occhi potessero mettere a fuoco il viso di quell'estraneo.

<<Chi sei tu?>> chiese autoritario, il petto in fuori, la lampada tesa sopra la testa del giovane.

Non ricevette risposta. Il ragazzo lo fissava con occhi sgranati, pregni di paura.

<<Un intruso che ha paura del vecchio al quale irrompe in casa?>> proruppe Anselmo, in tono quasi di scherno. Poi rivolgendosi al cane ordinò:

<<ARES. Vai da Enol, subito. Portalo qui>>

Il cane smise finalmente di ringhiare e inclinando la testa di lato guardò il padrone con aria confusa.

<<Dì a Enol di venire qui, subito>>

Wof!

Qualcosa di quel comando Ares doveva avere capito perché subito prese la via d'uscita e iniziò a correre. Per un attimo Anselmo pensò di chiamare la polizia ma per farlo sarebbe dovuto uscire di casa e attivare il motorino elettrico per poi attendere qualche secondo che il telefono tornasse a funzionare. Cosa avrebbe potuto fare in quel frangente quell'estraneo? Aggredirlo alle spalle, derubarlo di quel poco che conservava? Gli balenò in mente l'immagine di quei contanti *per le emergenze* che ancora nascondeva sotto al materasso. In effetti di valore non aveva nient'altro, solo che l'estraneo non poteva saperlo.

<<Ma chi diavolo viene a rubare a Castelmezzo!?>> sbottò Anselmo d'un tratto.

Il ragazzo, ancora disteso a terra, fece un timido *no* con il capo.

<<*No*? Cosa intendi, non sei un *ladro*?>>

Di nuovo un *no* con il capo.

Quel ragazzo non aveva ancora risposto a nessuna delle affermazioni di Anselmo che azzardò allora un'altra domanda:

<<Puoi parlare?>>

Un *no* col capo.

<<Ma sai parlare?>>

Non ottenne risposta.

Anselmo sospirò e lanciò uno sguardo al vecchio orologio col cinturino consunto sul suo comodino che segnava le 02:34. Ruotò la poltrona in modo da poter tenere d'occhio il ragazzo e l'ingresso e si mise a sedere. Sapeva che Ares avrebbe fatto come gli era stato richiesto, non aveva mai messo in dubbio la sua enorme intelligenza.

Un paio di minuti dopo, il ragazzo trovò il coraggio di mettersi a sedere. Da quella posizione Anselmo poteva osservarlo meglio. Si cingeva con le braccia le spalle in fare protettivo e puntava i suoi grandi occhi neri sul pavimento ai suoi piedi. I deboli ricci corvini erano lasciati cadere sulla fronte. Appariva alto ma estremamente magro in un modo che trasmetteva malessere. Si mordeva ripetutamente il labbro in un gesto nervoso.

<<Quanti anni hai? Sedici?>> osservò Anselmo ad alta voce.

Il ragazzo scosse il capo, poi allungò timidamente un dito sul pavimento in modo da tracciare un *uno* e un *nove* con le dita: diciannove anni. Fu allora che alzò il capo per guardare Anselmo in viso.

Il vecchio tremò appena. Il viso di quel ragazzo era incredibilmente simile al *suo* Gaetano, quando anche lui era stato un ragazzino. La gola gli bruciò mentre cercava di trattenere le lacrime.

Cinque minuti dopo una vecchia Fiat 500 inchiodò davanti alla sua porta. Ne scese di corsa Ares abbaiando, seguito da un traballante ciuffo rosso che arrancava per stargli al passo. Enol entrò nella stanza pallido in volto e con il fiatone. Si bloccò all'instante osservando poi la scena:

<<Che diavolo sta succedendo qui?!>> si lasciò cadere sul bordo del letto <<pensavo ti fossi sentito male vecchio maledetto! Il tuo cane che mi chiama nel cuore della notte, pensavo...>>

La frase rimase sospesa in aria e per un attimo calò il silenzio.

<<E io pensavo di stare per essere derubato!>> sbottò d'improvviso Anselmo <<invece mi sono ritrovato un *cucciolo* d'uomo smarrito che non parla!>>

Stampò poi un grosso bacio sul muso dell'ubbidiente Ares. I suoi baci erano rari, per questo apparivano un grosso premio ad Ares che scodinzolò allegro. Non annusando pericolo nell'aria, si rilassò appena prendendo comunque posto ai piedi del suo padrone.

<<Puoi spiegarmi?>> iniziò Enol.

<<Mi sono svegliato poco fa con questo ragazzo che è entrato in casa mia. Non so cosa voglia e non sembra volermelo dire!>>

<<Cos'ha fatto al braccio?>> Enol stava osservando

la ferita dal quale usciva qualche goccia di sangue.

<<Ares l'ha attaccato>>

<<Bravo cane!>> esordì Enol accarezzando la schiena di Ares. Poi si rivolse al ragazzo, con aria minacciosa <<ora dicci cosa vuoi o ti riempiamo di botte!>>

Anselmo quasi non si strozzò nel tentativo di trattenere una risata. Cosa volevano concludere quei due vecchi che erano? Ma si sentiva già più audace con l'amico al suo fianco.

<<Dicci chi sei!>> incalzò anche lui poi guardando l'amico annuì complice <<o ti riempiano di botte!>>

Il ragazzo alla seconda intimidazione nascose la testa fra le braccia e inziò a tremare come se si aspettasse già che la minaccia si tramutasse in realtà.

Enol alzò un sopracciglio stupefatto, poi gonfiò il petto fiero di incutere ancora timore a settantacinque anni:

<<*Bhe* io chiamo la polizia, sono già stufo!>> esclamò infine.

Il ragazzo allora si alzò di scatto spaventando Anselmo, che cercò invano di non darlo a vedere, ma non smuovendo di un centimetro Enol che gli si parò davanti con fare spavaldo. Il ragazzo si chinò poi ad aprire il suo zaino.

<<Attento ha una pistola!>> gridò Anselmo.

Il ragazzo alzò le mani per mostrare cosa stringeva.

<<Ha... un *taccuino*!>> Enol schernì l'amico non senza irrigidirsi per la stranezza di quella

situazione.

Con mano tremante il ragazzo scrisse qualcosa poi voltò il taccuino verso i due interlocutori. Entrambi strinsero gli occhi per mettere a fuoco.

<<Scrivi più grande non si capisce nulla!>> si lamentò Anselmo.

<<Aspetta che prendo gli occhiali>> Enol si tastò le tasche prima di dirigersi fuori.

Il ragazzo, perplesso, spostò lo sguardo dall'uno all'altro per poi fare come gli era stato chiesto. Enol tornò proclamando che per fortuna conservava sempre un paio di occhiali di scorta nella macchina. Poi lesse ciò che aveva scritto:

TOMMASO VILLA

<<E' il tuo nome?>> chiese Anselmo dopo un attimo di riflessione.

Sì

La scrittura di Tommaso appariva incerta, ogni lettera era tracciata a *zig zag*.

<<Sai parlare?>>

Sì

<<*Bhe* ma allora fallo!>> urlò Enol, completamente esasperato.

Tommaso sobbalzò appena poi scrisse ancora:

Non so più come si fa

Fu allora che Enol perse la pazienza e gli strappò il taccuino di mano e nel farlo potè notare che si trattava di un blocco di fogli di carta intestata che riportavano la scritta *Istituto Psichiatrico Giovani Speranzosi* e una serie di dati per contattarli.

<<Istituto psichatrico... leggi qui Anselmo! Ma

questo è un *pazzo*!>>

Nell'udire quell'ultima parola Tommaso battè un piede per terra in segno di protesta. Anselmo lesse la carta intestata notando un dettaglio che era sfuggito all'amico.

<<Questo istituto dice trovarsi a Milano>> alzò lo sguardo sul ragazzo <<è da lì che vieni?>>

Tommaso li fissava con occhi quasi fuori dalle orbite; era immobile come in attesa di capire l'evolversi dei fatti.

Entrambi presero il suo silenzio come una conferma.

<<Cazzo ci fai da Milano in questa fogna di Castelmezzo? Hai un parente qui?>> esplose Anselmo.

Il ragazzo fissò il pavimento.

<<Dovremmo chiamare il numero di questo istituto, mandarglielo indietro!>> concluse Enol.

<<Forse hai ragione...>> Anselmo non riuscì a terminare la frase.

Tommaso impallidì all'istante e con le mani fece ripetutamente segno di non farlo, si mise in ginocchio in segno di supplica poi si alzò e ruotando su se stesso si torse i capelli.

<<Stai calmo!>>

Anche Anselmo sentiva di stare perdendo la pazienza ma quando il ragazzo lo guardò negli occhi rintracciò di nuovo, nei suoi lineamenti, dei tratti simili al *suo* Gaetano. Per questo si addolcì.

Ares tornò a ringhiare e Tommaso quindi tornò a sedersi. Prese lo zaino e ne tirò fuori qualche blister di medicinali. Poi porgendo il lungo e scheletrico braccio ad Anselmo chiese indietro il taccuino. Anselmo glielo diede non senza aver strappato la prima pagina che contentava il nome del ragazzo e i contatti dell'istituto. Il gesto non passò inosservato. Tommaso alzò in aria i medicinali poi scrisse.

Sto bene e non sono pericoloso

<<E quelli come fai ad averli? Li hai rubati?>> lo accusò Enol.

Non ottenne risposta, quindi si poteva dedurre che essa fosse affermativa.

<<Certo che questo Istituto è pieno di incompetenti se un ragazzo scappa e ruba pure tutte quelle medicine>> osservò Anselmo.

So quando prenderle

<<Questo non rassicura nessuno, Tommaso>> Anselmo usò il suo nome per la prima volta.

<<Dicci perché cazzo sei qui perché la mia pazienza è davvero finita!>> proruppe Enol sbattendo il pugno sull'altra sua mano.

Tommaso sobbalzò:

Avevo bisogno di un posto per dormire, pensavo la casa fosse vuota, non c'era neanche una luce accesa.

Enol guardò Anselmo con uno sguardo carico di una enorme disapprovazione: quante volte gli aveva detto di smetterla con la sua *vita da Medioevo* e installare una lampadina fuori dalla porta che tenesse lontane le persone... come *Tommaso*. Anselmo colse a pieno quella predica silenziosa e per la prima volta prese in considerazione l'idea che il suo amico avesse ragione: avrebbe posto una lampada ad olio davanti la porta, dal giorno seguente.

<<Perché sei a Castelmezzo? Rispondi sinceramente oppure chiameremo subito l'istituto!>> fece Anselmo.

Tommaso non si fece ripetere la minaccia due volte, scrisse subito:

Per trovare mia sorella.

Nell'ora seguente i tre parlarono e discussero: lui scriveva, loro domandavano. Alla fine di quella lunga ora Enol prese la strada di casa non senza rimproverare per l'ennesima volta Anselmo.

<<Non dovresti aiutarlo, non dovresti intrometterti>>

<<E' maggiorenne, può decidere lui>>

<<E' *pazzo*>>

<<Voglio fidarmi>>

<<Ma perché Anselmo, *perché*? Sei l'uomo più solitario che conosca, non ti piace avere nessuno intorno per troppo tempo e ora ti tieni un ragazzo di cui non conosci *nulla* in casa>>

Anselmo fissò il vuoto con occhi umidi.

<<Perché?>> insistette l'amico.

<<Perché Tommaso...>> fece una pausa, perché comprese anch'egli la portata delle parole che stava per dire <<mi ricorda Gaetano e io... semplicemente non riesco a mandarlo via>>

Enol fissò Anselmo per istanti che parvero eternità e in quella frase potè cogliere tutto il dolore e la mancanza che affliggeva l'amico. Lui conosceva lo stesso dolore, aveva sfumature diverse ma li accumunava.

<<Cosa ti porta a fare la mancanza di chi ami? >> rispose infine Enol per poi salire in macchina, scuotendo il capo.

<<Domani torno comunque a controllare se sei vivo. Manda Ares se hai bisogno>> disse ancora.

<<Grazie Enol. Sei...>> non riuscì a terminare la frase.

<<Sono un amico, lo so>>

Il motore partì ed Enol prese la strada di casa, svanendo nel buio della notte.

III

Quando Anselmo tornò dentro trovò Tommaso assopito sulla poltrona e Ares sulla sua cuccia che riposava con fare vigile, un occhio aperto. Anselmo con fatica tirò giù da sopra l'armadio un pesante baule. Conteneva vecchie cianfursaglie fra cui alcuni ritagli di giornale dell'unico caso mediatico al quale si era profondamente interessato negli ultimi quindici anni. Nell'ora in cui i tre avevano parlato saltò fuori che il ragazzo che si trovava nella sua casa era stato il protagonista degli articoli che stringeva fra le mani e che aveva conservato con cura. Tommaso però aveva eluso le domande che approfondivano l'accaduto.

Si dava il caso che sei anni prima Castelmezzo aveva attirato l'attenzione della Stampa Nazionale per due interminabili giorni. Era il 2 luglio del 1984 quando, da Milano, Carlo Villa e Adelina Vanni avevano deciso di intraprendere un viaggio *on the road* con i loro bambini Tommaso di tredici anni e Elettra di tre anni. Carlo era un imprenditore noto e ricco, un giovane magnate; Adelina era un'insengnante in una scuola materna. Era esistito un tempo in cui si erano amati alla follia ma i due non riuscivano a ricordarsi quando questo sentimento si era spento. Doveva essere stato fra l'ingresso di Tommaso nella pubertà e la nascita di Elettra; fra la promozione di Carlo e l'inizio del lavoro di Adelina come mezzo per sfuggire alla follia di casa. I due coniugi non riuscivano, in effetti, a stare nella stessa stanza per più di cinque minuti senza litigare. Fu una sfida forse troppo grande quando decisero di rinchiudersi nella stessa macchina per giorni nel tentativo di scovare una pace che non sarebbe arrivata. Come tutti i viaggiatori più sfortunati anche a loro capitò di passare per Castelmezzo. Era ormai l'ora di pranzo, i bambini si lagnavano: avevano fame, volevano mangiare, volevano *arrivare*. Il caldo di luglio si faceva sentire e la tensione nell'auto era alle stelle: per Adelina, il marito accellerava eccessivamente alla guida; per Carlo la moglie non avrebbe dovuto fumare in macchina con i bambini; Adelina si era già stancata del viaggio, Carlo pure. Quando Carlo vide in lontananza lo scintillio dell'acqua del piccolo lago esterno a Castelmezzo non potè che fermarsi. Non ci volle molto perché la bolla di tensione scoppiasse.

<<C'è troppa maionese, papà, in questo panino>> aveva osato dire un piccolo Tommaso, allora il dono della parola non lo aveva ancora abbandonato.

<<Se tua mamma sapesse fare qualcosa oltre che

lamentarsi quel panino sarebbe buono!>>
Non c'è da sottolineare la furiosa lite che nacque fra i due coniugi. Elettra scoppiò a piangere e la madre ordinò a Tommaso di portare la bimba a giocare perché lei e il papà avevano di che parlare. Il panino, appena morsicato, rimase abbandonato sull'erba mentre i due bambini si allontanavano.
Un'ora dopo solo uno di loro aveva fatto ritorno gridando:
<<Non trovo più Elettra!>>
La piccola Elettra era scomparsa. Ma che cosa fosse successo in quel lasso di tempo nessuno era riuscito mai a saperlo perché il piccolo Tommaso, paralizzato dallo shock aveva smesso di parlare e di interagire.
La polizia di Castelmezzo era sotto pressione, nulla era mai successo in quel paesino dimenticato dall'Italia stessa e ora gli occhi dell'intera Nazione erano puntati su di esso. Nessuno dei poliziotti dalle città più grandi venne inviato per aiutare nelle ricerche ma alcuni cittadini volontari giunsero anche dalle zone limitrofe. Quando due giorni dopo vennero ritrovati la maglietta e la felpa della bimba impigliati in una pianta che cresceva ai bordi del lago, la piccola Elettra venne dichiarata morta per annegamento e il corpo disperso.
Vennero interrogati nuovamente i genitori che finirono sotto accusa ma essi cambiarono versione giurando alla polizia e ai giornalisti di essersi distratti solo un minuto, il tempo necessario a *chiarire*. Venne interrogato perfino il vecchio che

abitava ai margini del lago, Anselmo, che non aveva notato nulla. All'epoca non aveva ancora la fortuna di godere della compagnia di Ares e fuori dalla sua casa non metteva quasi mai la testa.

Quando venne interrogato il piccolo Tommaso e gli venne spiegato della morte della sorella egli venne colto da un tremore incessante prima di svenire.

Poi il silenzio conobbe la sua persona e Tommaso non parlò mai più.

Un anno dopo dalla morte della bambina quasi nessun giornale riportò più la vicenda e solo uno dei pochi che lo fece ci tenne a sottolineare come i due genitori avessero divorziato e ormai nessuno sembrava badare al piccolo Tommaso che ancora sotto shock passava da un Istituto psichiatrico all'altro alla ricerca di una cura per la sua mente.

IV

Quando il sole sorse trovò Anselmò ancora chino sui giornali. Decise di fare una pausa riponendoli con cura nel baule, avrebbe finito di leggere gli articoli un'altra volta. Gli occhi gli bruciavano dallo sforzo di decifrare le lettere al buio, si alzò per sgranchirsi ma le sue ginocchia quasi non cedettero. Ora che aveva il quadro più chiaro non poteva che osservare Tommaso con una compassione talmente profonda da dolergli il cuore. Si chiese come avesse trascorso gli ultimi anni, cosa pensasse di quell'avvenimento, era evidente che ancora lo tormentasse. Volse uno sguardo nella sua direzione e fu allora che notò le scarpe terribilmente consunte che indossava. Il dubbio che parte del viaggio lo avesse compiuto camminando lo inorridì. Non gli erano ancora ben chiari i motivi della sua fuga. Anche la sua anima, infine, doveva avere fatto ritorno a Castelmezzo dove se c'era una cosa che univa i suoi abitanti era proprio il dolore della perdita, di qualsiasi essa si trattasse.
Wof!

Ares richiamò l'attenzione di Anselmo che aprì la porta per farlo uscire. Ares infatti doveva avere imparato ad aprirla solo dal lato esterno, dove bastava premere la maniglia e spingerla in avanti. Mentre il cane girovagava intorno alla casa, Anselmo si prese un attimo per respirare l'aria fresca dell'alba. Quelle prime ore del giorno erano le sue preferite: il canto degli uccelli accompagnava il risveglio di un intero mondo e lo stirarsi dei fiori che si aprivano al sole.

Tommaso ancora dormiva, non doveva avere avuto molte occasioni nei giorni precedenti di riposare al chiuso. Lo sguardo di Anselmo si posò per un breve istante sul suo zaino, l'istinto lo spronava a ficcanasare ma riuscì a trattenersi tenendosi impegnato. Per prima cosa si diede una ripulita poi pose un pentolino di acqua di fianco al camino e sul tavolo fette biscottate, cereali e il latte che gli aveva donato Enol. La porta si spalancò e Ares fece capolino con un secco *wof!*

Il rumore svegliò Tommaso che si guardò intorno confuso e spaventato. Anselmo non si preoccupò di dargli spiegazioni, richiuse la porta e porse ad Ares una ciotola con del latte e due fette biscottate.

<<Buon appetito>> gli fece dandogli una carezza sul muso.

Poi si sedette a tavola facendo gesto a Tommaso di unirsi a lui. Il ragazzo recuperò il suo taccuino e la sua penna e si sedette a tavolino:

Grazie

Scrisse.

Anselmo annuì.

Tommaso passò due minuti interi ad ingozzarsi prima di riuscire a placare la fame e mangiare con più calma.

Anselmo si alzò e si diresse verso la scarpiera. Osservò con attenzione le scarpe che possedeva e gliene pose un paio che non usava da tempo.

<<Forse ti andranno un po' grandi ma sono meglio di quelle che hai>>

Tommaso se le provò subito, parve soddisfatto ma non c'era gioia nei suoi occhi.

<<Ora che sei qui. Quali sono i tuoi piani?>> andò al punto Anselmo.

Il ragazzo lo osservò per un minuto poi scrisse:
Trovare mia sorella

<<Questo lo hai detto anche ieri sera… mi dispiace, sarò diretto, ma non penso che sarà rimasto molto del suo corpicino dopo tutto questo tempo>>

Tommaso si alzò allora di scatto e come la sera precendente inziò a roteare su se stesso torcendosi i capelli e facendo segno di *no*.

<<*No*. Cosa vuol dire no?>>

Anselmo appariva allarmato e confuso da quello strambo comportamento. Il ragazzo, dal canto suo, continuava a roteare su se stesso.

<<Ti vuoi calmare!>>

Tommaso si fermò un istante prima di estrarre dal suo zaino due pastiglie, buttandole giù con un po' di té. Nella stanza calò il silenzio. Tommaso si sedette e abbassò lo sguardo sul tavolo, le mani al ventre.

<<Ti aiutano quelle medicine?>> chiese infine Anselmo.

Tommaso alzò le spalle poi scrisse:

Cerco mia sorella

Anselmo sospirò, non voleva avesse un'altra di quelle particolari crisi; più tardi avrebbe approfondito i suoi piani. Nel frattempo non poteva permettere che un ragazzo così fragile andasse in giro da solo:

<<Ti accompagno>> affermò con un tono che non lasciava repliche ma Tommaso parve quasi rassicurato all'idea.

Anselmo pose una grossa pentola sul fuoco poi indicandola disse:

<<Puoi farti una doccia se ne hai bisogno ma non ho l'acqua calda, dovrai usare quella che ti sto scaldando>>

Tommaso annuì. Dopo essersi dato una ripulita ricomparve nella stanza dove Anselmo e Ares apparivano già pronti per uscire.

Anselmo aveva fatto trovare a Tommaso dei vestiti puliti. Non gli calzavano per niente bene: i pantaloni erano più corti di cinque centimetri e la maglia decisamente troppo larga ma per la prima volta guardandosi allo specchio Tommaso alzò lievemente l'angolo destro della bocca; Anselmo lo interpretò come un accenno di sorriso.

<<Bene>> battè le mani <<anche io sono pronto>> Tommaso imitò il gesto di Anselmo cercando di apparire energico come quel vecchio, ma i suoi occhi esprimevano una grande tristezza.

Andiamo allora

Scrisse. Rivolse il taccuino verso Anselmo che annuì.

Wof!

<<Sì... vieni anche tu!>> il vecchio rispose all'affermazione che credeva Ares avesse fatto.

I tre uscirono, Tommaso in testa a tutti si era già allontanato di qualche passo in direzione del lago. Si fermò d'un tratto lanciando sguardi a destra e sinistra prima di dirigersi deciso verso un punto e scrivere:

Qui!

Tommaso non sembrava essere un ragazzo dalle molte spiegazioni e Anselmo fece mente locale per cercare di interpretare cosa gli volesse dire. Ripensò agli articoli che aveva letto tutta notte riuscendo a capire il motivo per cui Tommaso si fosse fermato:

<<E' qui che vi eravate fermati a mangiare con tua sorella e i tuoi genitori?>>

Ricordò che anche il ragazzo aveva accennato alla cosa la notte precendete.

Tommaso annuì. Anselmo d'istinto si voltò verso casa sua e si sorprese di quanto quel punto fosse vicino. Come aveva fatto a non notare nulla all'epoca? Non riusciva a ricordare quanto tempo avesse passato rintanato in casa prima dell'incontro con Ares.

Il fatto che Tommaso si fosse fermato proprio lì e osservasse con fomento il resto del paesaggio suggeriva ad Anselmo quali fossero le sue intenzioni: sicuramente voleva ripercorrere ogni passo compiuto il 2 luglio 1984 nel tentativo di dare un senso all'accaduto. Qualcosa suggeriva al vecchio che, nonostante le apparenze, la sua mente funzionava alla perfezione e non c'era dettaglio che non ricordasse di quella giornata. Ma allora perché non raccontare?

Seguimi

Anselmo fece come Tommaso gli aveva scritto, Ares correva molti metri più avanti senza però mai perdere di vista i due.

<<Dove dobbiamo concentrare le nostre ricerche? >>

L'uso del plurale non passò inosservato a Tommaso che incurvò la bocca in un tenero sorriso, il primo che gli rivolgeva. Poi puntò il dito verso un luogo che Anselmo non riusciva a mettere a fuoco: maledetta vista da vecchio!

Siccome Tommaso era apparso così entusiasta dell'aiuto che si proponeva di dargli, Anselmo azzardò una domanda:

<<I tuoi genitori>> Tommaso si girò di scatto, gli occhi sgranati in attesa di una domanda che immaginava già non gli sarebbe piaciuta <<sanno che hai fatto ritorno qui?>>

Tommaso rilassò appena le spalle, non doveva essere stata quella la domanda scomoda a cui non voleva rispondere. Forse una parte di lui aveva ancora paura che Anselmo potesse chiamare l'Istituto.

Scrisse:

No...

<<Perché?>> si sorprese Anselmo.

Non vorrebbero. Loro cercano di dimenticare... per me è ingiusto. Nessuno dovrebbe dimenticare

Anselmo si ciondolò sulle gambe prima di replicare:

<<*Bhe*, dovresti avvertirli, per lo meno per fare sapere loro che stai bene>>

Non gli importerebbe

Anselmo si acciglò:

<<Sono sicuro di sì>> annuì con vigore <<Inoltre potrebbero aiutarti in questa ricerca!>>

Non lo farebbero

<<Come mai dici questo?>>

Tommaso scrisse per un minuto, gli occhi vuoti fissi sulla pagina:

Sospetto sappiano che tutto quello che è successo è colpa mia e per questo non mi vogliono più come loro figlio

<<Come può essere colpa tua!>> Anselmo innorridì, prese dalle mani il taccuino a Tommaso per essere sicuro di avere letto bene <<E cosa vuol dire che non ti *vogliono* più?>>

Faccio ritorno a casa solo se devo cambiare Istituto e per brevi giorni

Anselmo ponderò sulle parole che aveva appena letto prima di domandare:

<<Mi vuoi dire che, a tutti gli effetti, abiti negli Istituti?>>

Sì

Il sangue di Anselmo raggelò. Ragionò su cosa

replicare ma non trovò nulla che non potesse apparire fuori luogo. Alla fine si limitò a chiedere: <<I tuoi genitori... vivono insieme?>> era lieto della fiducia che sembrava già avere riposto in lui.

Sì ma sono per lo più estranei oramai. E' strambo starci intorno, l'aria è piena di astio.

Sapeva bene cosa intendeva perché lui *in primis* aveva respirato la stessa aria ai suoi tempi quando ad ogni frustata che il padre gli infliggeva con la cintura nuovi rancori e risentimenti riempivano lo spazio di casa.

Ricapitolò tutte le informazioni che Tommaso gli aveva fornito e provò a trovarne il senso:

<<Sicuramente stanno cercando di fare ciò che pensano sia più giusto per te... per aiutarti>> azzardò poi nel vano tentativo di rassicurarlo. Il tono della sua voce tradiva però l'incertezza delle sue parole.

Tommaso scosse la testa, poi si fermò un minuto per scrivere:

Non parlano mai con me. Chiamano l'Istituto ogni due giorni per potersi informare con l'infermiera su come sto ma per il resto, per loro, è come se fossi morto.

La sua scrittura era ancora più ondulata del solito e Anselmo notò come muovesse nervosamente le gambe. "Morto": rilesse alla svelta quella parola che pesava come un macigno quando a dirla era un figlio e quando a pensarla erano dei genitori.

Gli appoggiò una mano sulla spalla e al contatto Tommaso sussultò ma non si spostò. Anselmo si chiese quanto la sua percezione dei fatti rispecchiasse la realtà ma osservando il suo comportamento non bisognava essere un affermato studioso della mente per capire che di abusi doveva averne subiti, e anche parecchi.

<<Come possono due genitori abbandonare un figlio?!>> sbottò pentendosi subito si avere pronunciato ad alta voce i suoi pensieri.

Tommaso si voltò verso di lui ma il suo sguardo non comunicava rabbia, come si sarebbe aspettato Anselmo, ma una forma di compassione. Doveva forse, dopo tutti quegli anni, essersi arreso?

Tommaso rivolse il suo taccuino ad Anselmo che strizzando gli occhi lesse:

Tu hai figli?

<<Ne ho uno>> strinse i pugni perché una morsa lo colse allo stomaco.

Come si chiama?

Anselmo sospirò. Pensare a suo figlio gli provocava lo stesso dolore che gli avrebbero causato mille scheggie di vetro piantate sul petto ma trovò comunque la volontà di rispondere.

<<Gaetano>> non gli avrebbe mai confessato come lui ci somigliasse.

Tommaso si fermò di nuovo per osservare qualche istante Anselmo poi aggiunse:

Neanche voi parlate più, vero?

Anselmo strozzò una risatina nervosa. Quel ragazzo doveva ormai essere un esperto di pessimi genitori ma non si prese la briga di rispondergli. Mentre riprendevano a camminare un pensiero strozzò il collo di Anselmo e quasi lo soffoncò:

era forse stato anche lui un padre crudele? Cosa pensava di lui il suo Gaetano; anche lui credeva che Anselmo avesse rinunciato al suo bambino?
Ci pensò Tommaso a fermare il flusso dei suoi pensieri, rivolgendogli il taccuino che riportava:
E' una mancanza che fa male, ma non è mai troppo tardi per rimediare
Sembrava avergli letto nella mente. Anselmo sgranò gli occhi un istante prima di rispondere deciso:
<<E' tardi invece, perché sono io che ho sbagliato>> poi trovò la forza di accellerare il passo mentre cercava di ritirare sù le lacrime. Tommaso annuì, ma più a se stesso, posò in tasca il taccuino e gli corse incontro. Non avrebbe approfondito: chi soffre riconosce chi soffre.

V

Non camminarono ancora per molto prima che Tommaso si irrigidisse e piantasse i piedi al suolo. Anselmo fece un fischio ad Ares perché li raggiungesse e si sforzò di seguire lo sguardo del ragazzo. Era rivolto verso un sentiero roccioso che divideva due collinette. Lo conosceva ma non lo praticava mai perché era ricco di ostacoli e per niente comodo da percorrere.

Tommaso puntò il dito verso il sentiero e si incamminò a passo svelto.

<<EHI!>> gridò Anselmo verso la sua direzione.

<<Aspettami! Non ho più le ginocchia di un giovane!>>

Tommaso si voltò un secondo prima di proseguire alla stessa velocità. Imboccò il sentiero e scomparve alla vista. Anselmo imprecò ad alta voce e procedette lentamente verso la sua direzione, con Ares al suo fianco che guaiva perché il suo padrone non si facesse male. Anselmo si domandò se non fosse il caso di tornare indietro ed aspettare il ragazzo seduto sulla morbida erba. Il sentiero era infatti difficile da percorrere; era completamente cosparso di sassi di diversa dimensione e molto appuntiti. Ai margini, le due pareti di roccia, alte venti metri, avevano innumerevoli fessure. Alcune di esse erano molto grandi, altre ridicolmente piccole ma tutte, e questo lo sapeva per certo, erano la tana di qualche animale: serpenti, volpi, pipistrelli e perfino orsi. Erano tanti gli animali che vivevano lì, sicuramente indisturbati dato che nessuno si prendeva la briga di camminare per quella zona. Siccome era ancora pieno giorno Anselmo sperava di non imbattersi in qualche spiacevole incontro e si azzardò a gridare:

<<DOVE SEI?!>>

Pochi istanti dopo una testa riccioluta spuntò da una delle fessure e Anselmo impallidì all'istante:

<<Esci subito da quella tana! Non sai che animali si nascondono dentro questi buchi, ma che ti prende! >>

Tommaso scosse la testa, la fronte imperlata di sudore e gli occhi spenti. Appariva fuori di sé. Lo vide entrare in altre due fessure e provò a fermarlo entrambe le volte.

<<Ma cosa ci facciamo qui? Dovremmo cercare dai margini del lago!>> gli gridò infine.

Tommaso ricomparve di nuovo e scosse la testa ripetutamente.

<<Se solo mi spiegassi le tue intenzioni, stupido di un ragazzo! Non starò qui ad aspettare di essere addentato da qualche animale selvaggio! Torno indietro!>>

Tommaso annuì e fece un saluto con la mano. Anselmo gli avrebbe rivolto ben altro gesto ma si trattene. Borbottando e ciondolando riuscì a tornare indietro. In diverse occasioni dovette fare affidamento su Ares che lo aveva retto evitando che cadesse. Quando riuscì a tornare sull'erba si sedette in riva al lago, ansimando. Era ancora turbato dal comportamento ambiguo di Tommaso quando di sua iniziativa si alzò per analizzare le sponde del lago alla ricerca di qualche indizio. Due ore dopo la preoccupazione per le sorti di Tommaso incombeva su Anselmo che si sentiva responsabile per lui. Per alleviare il senso di colpa, per averlo lasciato da solo, continuò a perlustrare le sponde del lago finché una decina di minuti dopo un rumore non attirò la sua attenzione. Si volse e si stupì di quanto piacere lo colse nel rivedere Tommaso e nel sapere che stava bene. Era completamente ricoperto di fango, i capelli appiccicati alla fronte sudata, le unghie delle mani completamente spezzate. Lo raggiunse a passi lenti, Tommaso gli aveva scritto:

Non troverai niente nel lago

<<Sono passati molti anni, lo so... Ma non siamo qui proprio per cercare indizi? E che diavolo facevi tu in quel sentiero tanto pericoloso? Sei stato uno sconsiderato!>>

Tommaso scosse la testa e gli rivolse quel suo sorriso carico di compassione. Anselmo se ne risentì. Il ragazzo doveva essersene accorto perché si affrettò a scrivere ciò che avrebbe turbato

Anselmo per il resto della giornata:

Non troverai niente dal lago perché mia sorella non è mai annegata

A nulla servì la valanga di domande che Anselmo gli vomitò addosso. Tommaso si era ormai incupito, il suo sguardo appariva spento e il silenzio aveva colto anche il suo taccuino che, riposto nel suo zaino, non sembrava che sarebbe stato ripescato presto. Tommaso era seduto e fissava il lago con aria torva. Anselmo si sedette al suo fianco sospirando:

<<Non hai un piano, vero?>>

Tommaso sospirò a sua volta, poi finalmente riprese in mano il suo taccuino. Quel gesto caricò di aspettative Anselmo che ormai appariva sempre più desideroso di conoscere a fondo quel ragazzo.

So cos'è successo, ma non so come trovarla

<<Anche io so cosa è successo. Ho letto molti articoli a riguardo, devo confessarti che conservo alcuni ritagli di giornale su... la vostra disgrazia>> il vecchio arrossì appena.

Tommaso lo guardò confuso:

Perché?

<<*Bhe* io abito lì>> indicò la casa in lontananza e si soprese a scoprirsi imbarazzato <<e non succede mai nulla a Castelmezzo>>

Si pentì di avere iniziato così il discorso quindi si affrettò ad aggiungere:

<<Mi è sempre dispiaciuto non essere riuscito ad aiutare nelle indagini. E' che... io in effetti non uscivo mai di casa all'epoca. Non era una vita bella,

la mia>>

Tommaso rimase a pensare qualche secondo:

Ora lo è?

<<No, non è una bella vita ma Ares ha portato di sicuro un po' di gioia>> accarezzò la testa del cane che, come se avesse compreso, iniziò a scodinzolare.

Sei fortunato ad avere un po' di compagnia

Anselmo non rispose. Non aveva mai pensato a se stesso come *fortunato*, non prima di avere incontrato qualcuno che appariva in effetti più sfortunato di lui.

<<Comunque...>> Anselmo tentò di tornare sull'argomento precedente, le guance appena arrossate <<avendo letto tutti quegli articoli spero di poterti essere di aiuto se mi fai partecipe dei tuoi piani>>

Di nuovo quel sorriso di compassione.

Sui giornali non c'è la verità

<<Perché dici questo?>>

Perché lo so.

<<Non capisco...>>

Solo io conosco la verità e non sono mai riuscito a dirla

Già scrivere questo doveva essere parsa una confessione enorme al ragazzo le cui guance si rigarono di amare e silenziose lacrime.

<<Pensi che riuscirai a spiegarmi?>>

Tommaso scosse la testa.

<<Non ora?>> provò Anselmo con un sorriso.

Tommaso sorrise a sua volta poi lasciò andare

la testa sulle spalle del vecchio che rimase colto completamente alla sprovvista da quel gesto. In quante occasioni e a quante persone avrebbe urlato di non azzardarsi a rivolgergli un tal gesto? Ma senza domandarsi per qual motivo, Anselmo rimase fermo dov'era prima che cinque minuti dopo, propose a Tommaso di tornare a casa sua, a pranzare. I due ripercorsero la strada del ritorno in silenzio, chiusi ognuno nei propri pensieri.

Quando la casa fu a pochi metri dai due, Ares sopraggiunse a grande velocità e corse a spalancare la porta con un salto talmente buffo da fare scoppiare Tommaso in una grossa risata. Era un suono armonioso e caldo del quale sia Anselmo che Tommaso stesso si stupirono.
<<Non sapevo fossi in grado di ridere>> scherzò il vecchio.
Il ragazzo di rimando gli rivolse un sorriso ampio e luminoso. Anselmo non potè fare a meno di notare una piccolissima luce illuminare il suo sguardo.
Il cane scondinzolò verso la sua cuccia dove fu ben lieto di sdraiarsi a pancia in sù. Tommaso si sedette al suo fianco e allungò una mano, incerto, verso di lui.
<<Non ti farà niente>> lo rassicurò Anselmo, che osservava la scena.
Tommaso gli rivolse un rapido sguardo prima di accarezzare con fervore la pancia di Ares che gli stampò la lunga lingua sul naso.
<<Si fida di te>> gli fece notare Anselmo.

Tommaso ne parve particolarmente grato.

Il ragazzo poi aiutò nel sistemare la tavola sulla quale bandirono della carne di mucca essiccata, delle zucchine sott'olio e dei peperoni arrostiti, conservati sotto vuoto.

Posso preparare io la ciotola per Ares?

Tommaso porse il taccuino ad Anselmo.

<<Fai pure>>

Ad Ares servì una ciotola carica di carne essiccata e croccantini per cani, che apprezzò notevolmente.

Tommaso si sedette poi a tavola dove poteva ammirare la grande credenza carica di scorte di cibo che curava Anselmo.

Ti occupi tu di tutte le preparazioni?

<<Sì>>

Sei bravo

Anselmo annuì sorridendo.

Mi insegneresti, una volta di queste?

Tommaso porse il taccuino poi, come se si vergognasse di quello che aveva scritto, lo ritrasse quasi all'istante. Anselmo fece in tempo a leggere e rispondere, di getto:

<<Certo che sì>>

Non riuscì però a trattenersi dal chiedersi con rammarico se Gaetano sapesse già tutto su come si essicca la carne o come si conserva sott'olio la verdura. Egli era ormai un uomo, aveva davvero qualcosa da insegnare ancora a suo figlio?

Tommaso analizzò la sua espressione prima di scrivere:

Ti infastidisce che io stia a casa tua?

<<No>> si riscosse dai suoi pensieri scuotendo il capo <<Perché mi rivolgi questa domanda?>>

Semplicemente... non te l'ho ancora chiesto. E non so se tu abbia capito che non ho contanti per ripagarti dei tuoi favori

Tommaso puntò lo sguardo in terra, le guance in fiamme.

Anselmo scoppiò a ridere, una risata grossa e buffa, ricordava quella di Babbo Natale, nelle storie raccontate ai più piccoli. Tommaso si accigliò.

<<Allora prepara un assegno!>> scherzò il vecchio. Tommaso gli rivolse nuovamente un grande sorriso.

Sul serio per te non è un problema?

Anselmo scosse deciso la testa.

<<Mi dispiace solo per i tuoi genitori che di sicuro saranno preoccupati a non avere notizie di te>>

Tommaso arricciò il naso e gli rivolse un'occhiata che voleva sicuramente significare "ma come: non ne avevamo già parlato? Non capisci?"

La tua è illusione mascherata da preoccupazione

Anselmo ignorò la provocazione:

<<Oggi pomeriggio vuoi tornare a perlustrare la zona? E dove andremo?>>

Sempre lì

Tommaso lo guardò come se sarebbe dovuta essere ovvia la risposta. Poi d'un tratto si incupì come quando grosse nuvole oscurano il sole e niente appare più dello stesso colore. Si alzò e inziò a girare su se stesso, torcendosi i capelli. Sia Anselmo sia Ares apparivano ormai quasi abituati a questo suo modo di fare; quest'ultimo aprì un'occhio dalla sua cuccia e sbuffò aria fuori dal naso.

Non l'ho trovata!

Anselmo lesse e corrugò la fronte:

<<Tua sorella?>>

Tommaso annuì.

Anselmo iniziò a sospettare che questo suo strano modo di fare coincidesse con i momenti in cui pensieri molto dolorosi gli frullavano nella mente.

<<E' solo la prima mattina di ricerche. Datti tempo>>

SEI ANNI. E' DARSI TEMPO

Scrisse ciò con una tale velocità da spingere Anselmo a replicare d'istinto:

<<Sì ma non urlare!>>

Tommaso si fermò di colpo a osservare il vecchio. Per un attimo nei suoi occhi comparve una scintilla prima che furono di nuovo immersi nel vuoto. Prese il suo zaino e ne tirò fuori due pillole che si affrettò a buttare giù.

<<Tutta quella roba ti farà male al fegato!>>

Tommaso lo guardò confuso. Prese il taccuino:

?? - scrisse solamente.

<<A te non servono medicine! Devi comportarti da uomo, tira fuori le *palle*!>> Anselmo si alzò e lo scosse appena prendendolo dalle spalle.

Tommaso frugò nel suo zaino e ne tirò fuori due biglie per schernirlo.

<<Sai anche fare dell'umorismo adesso!>>

Tommaso sorrise.

Perché dovrebbero farmi male al fegato?

<<Non servono a niente le medicine! Guarda me, ho quasi settantacinque anni e non prendo neanche una pillola!>>

Tommaso alzò un sopracciglio e lo studiò da capo a piedi. Anselmo spesso si massaggiava le ginocchia e le anche quando dolevano e quando camminava troppo a lungo si lasciava andare in lunghi sospiri perché il fiato gli mancava. Fu quindi naturale per il ragazzo domandare:

Ma tu… ci vai mai da un dottore, in visita?

<<I dottori non servono a nulla! Dal dottore ci vanno i morti!>>

Tommaso strabuzzò gli occhi che apparvero lievemente più allegri.

Non credo di capire

<<Mettiamola così, se non vai dal dottore non puoi morire per una malattia che non ti trova>>

Il ragazzo non parve molto convinto ma allargò il viso in un sorriso contagioso e Anselmo iniziò a ridere.

<<Non capisco perché tu stia ancora in questi Istituti. La tua testa sta benissimo!>> proruppe poi.

Tommaso lo guardò incerto prima di scrivere:

Non riesco a parlare…

<<Se sai che hai questo problema… semplicemente parla!>>

Di nuovo quel sorriso carico di compassione.

<<E non guardarmi a quel modo, ragazzo mio. Alla mia età so di cosa parlo. Se ammetti di avere un

problema quel problema è già risolto a metà>>

A _metà_ - sottolineò Tommaso.

Anselmo scosse il capo:

<<Un giorno... capirai>>

Il ragazzo si limitò a una scrollata di spalle. Non fece in tempo poi a posarsi sulla poltrona che ricevette subito una sgridata da Anselmo:

<<Sei sporco di fango, fila a cambiarti!>>

Wof!

Ares parve convidividere il pensiero e si passò il muso sulle zampe perfettamente ripulite dal fango. Tommaso si limitò ad indicare prima se stesso poi lo zaino. Il vecchio borbottò qualcosa fra sé prima di tirare fuori un pigiama nuovo che appariva comunque stantio. Lo porse a Tommaso che alzò un sopracciglio:

<<Cosa c'è? E' anche il migliore che ho, è il pigiama da ospedale!>>

Tommaso rise poi si portò la mano alla bocca come se si fosse stupito egli stesso che a distanza di poco tempo le sue orecchie avevano potuto udire di nuovo quel suono.

Cos'è un pigiama da ospedale?

Anselmo parve offeso da quella domanda la cui risposta non doveva neanche azzaddarsi a mettere in discussione:

<<Il pigiama che porti in ospedale se hai la sventura di dover essere ricoverato. Non vorrai mica mostrarti a infermieri e dottori con pigiami vecchi e bucati!>> sbottò infine <<a voi giovani bisogna insegnare anche a respirare!>>

Per fortuna Tommaso si limitò a cambiarsi e infilarsi nel nuovo pigiama. Senza la maglietta il suo torso si mostrava di una magrezza ancora più evidente laddove si sarebbe potuto tracciare con un dito i contorni di ciascuno delle sue ossa: eppure da quando si trovava in quella casa non aveva mai mostrato problemi di appetito.

Anselmo con un nodo allo stomaco si trattenne a stento dall'indagare.

<<Terrai il pigiama quando stai in casa, per il restro ti mostro dove puoi lavare i vestiti che sporchi>>

Gli porse una pesante felpa dall'appendiabiti che per poco non cadde in terra e si diresse sul retro della casa. Lì Tommaso potette lavare in una bacinella i vestiti con cui era arrivato e stenderli soddisfatto.

Decisero di riposarsi un'oretta: Anselmo sul suo letto, Tommaso sulla poltrona. Quando il ragazzo riaprì gli occhi di ore ne erano passate tre e il pomeriggio era ben che inoltrato. Se avesse saputo parlare, di imprecazioni Anselmo ne avrebbe potute sentire a non finire. Venne svegliato da lui che lo implorò di fare presto ad alzarsi, per cui in meno di cinuqe minuti erano già fuori dalla porta. Anselmo non comprendeva affatto la sua fretta anzi a volte lo infastidiva pure. Il rispetto però del suo dolore era ciò che lo tranneva dal rispondergli sgarbatamente o dal porgergli alcuni quesiti. Si immergeva così in situazioni che non gli calzavano a pennello. Per cui, sbadigliando, si calò in fretta nei panni di un investigatore quando le sue orecchie lo informarono di un suono molto familiare. Alzò lo sguardo verso le sei mucche di Enol, meravigliandosi di non vedere affatto il suo amico nelle vicinanze. Eppure, la sera prima, aveva promesso che sarebbe passato in giornata, a fargli visita. Di Tommaso non si era per niente fidato a prima vista. Enol era un uomo che manteneva la parola data, ciò nondimeno era solo Marco Quattrovalli che guidava al pascolo le mucche. Il giovane lo notò e sbracciandosi nella sua direzione gridò:

<<Signor Bruno>> Anselmo contò fino a tre prima di sentire l'usuale <<Ciao, Anselmo!>>

Tommaso gli lanciò uno sguardo interrogativo.

<<I "sedici anni" sono un'età particolare...>>

Mi chiedevo chi è

Lo interruppe allungando il taccuino fino a un centimetro dai suoi occhi.

<<E' solo l'unico ragazzo che abita a Castelmezzo>>

Tommaso si portò le mani al petto sbalordito, doveva essere difficile per un ragazzo di Milano riuscire a credere che esistessero luoghi privi di giovani come lui.

Marco nel frattempo si era avvicinato e studiava con aria interrogativa Tommaso.

<<Allora non sei sempre da solo! Ti piace farlo credere, signor Bruno!>> iniziò posandogli una mano sulla spalla di cui Anselmo si liberò alla svelta prima di grugnire qualcosa di incomprensibile.

<<Ad Anselmo non piace il contatto fisico. Lui è un lupo solitario>> iniziò Marco nella direzione di Tommaso <<ma... io faccio parte del suo branco! >>

Concluse la frase annuendo ripetutamente.

<<Marco>> tagliò corto il vecchio <<dov'è Enol?>> Si guardò intorno ma continuava a non vedere segni dell'amico.

<<E' andato fuori paese e ha lasciato me al comando della sua fattoria per tutto il giorno. Ho dovuto perfino saltare la scuola per occuparmi di tutto>> disse gonfiando il petto con fare orgoglioso.

<<E' andato dove...?!>> Anselmo appariva più sbalordito di come avrebbe dovuto sembrare agli occhi di chi, come Marco, non era di certo a conoscenza del fatto che Enol in tutta la sua vita non aveva mai lasciato i confini di Castelmezzo.

<<Che cosa gli è capitato?>> aggiunse quasi immediatamente Anselmo, portandosi le mani al petto <<si è forse sentito male?>>

L'immagine di Enol disteso su un letto di ospedale lo paralizzò. Subito si chiese se avesse avuto modo di portarsi il suo *pigiama da ospedale.*

<<No, non sta male. Non sarei così allegro altrimenti!>> rispose Marco risentendosi appena.

<<Allora?!>>

<<Non lo so, signor Bruno! Mi ha soltanto detto che aveva da fare a Trento>>

<<A TRENTO!>> la bocca di Anselmo se avesse potuto si sarebbe staccata dalla sua mandibola per

quanto appariva spalancata.

Perfino Tommaso lo guardò confuso.

<<Anselmo sei sicuro di stare bene?>> chiese Marco riappoggiando la mano sulla sua spalla <<in effetti uno dei compiti che mi ha lasciato Enol era di controllare come *tu* stessi. Hai forse la febbre?>> Gli posò una mano sulla fronte.

<<Piantala!>> sbottò subito Anselmo <<sto bene, certo>>

<<Allora cosa ti stupisce così tanto?>>

<<Smettila di immischiarti negli affari di un vecchio!>>

Marco si ammutolì ma non si offese. Nel tentativo di cambiare argomento allungò una mano verso Tommaso pronunciando:

<<Ciao, io sono Marco e tu sei...?>>

Fu allora che gli occhi di Anselmo se avessero potuto si sarebbero staccati dalle proprie orbite da quanto erano spalancati. Al vecchio infatti balenò in mente il terribile macello che quel pettegolo di Marco Quattrovalli avrebbe combinato se fosse venuto a conoscenza della storia di Tommaso e della sua identità. Strappò via il taccuino dalle mani del ragazzo prima che potesse scrivere la sua risposta. Marco doveva essere infatti il giovane più annoiato dell'intera Regione, non si sarebbe stupito se fosse corso a raccontare a chiunque incontrasse che il vecchio solitario sul lago stava aiutando un giovane traumatizzato nella ricerca di una bambina. La cui scomparsa, tra l'altro, era stata l'unica notizia di Castelmezzo ad attirare lo sguardo dell'intera Italia. L'annuncio avrebbe di certo risvegliato la curiosità di un intero paese in cui non accadeva mai nulla di diverso dalla solita tristezza che riempiva l'aria di ogni strada. Ma come avrebbe reagito Tommaso alla valanga di curiosità che lo avrebbe investito in pieno?

Anselmo si affrettò quindi a rispondere:

<<E' mio nipote in visita… Putroppo è nato muto quindi non potrà risponderti>>

<<*Oh!*>> Marco fece quasi un inchino di scuse nella direzione di Tommaso e come tutti quelli che si sentono in imbarazzo di fronte alla disabilità si congedò nel giro di un secondo.

<<Alla prossima, Signor Bruno! Ho delle mucche di cui occuparmi!>> poi agitò la mano nella direzione di Tommaso mimando un "ciao" con la bocca come se l'incapacità di parlare lo avesse sottratto improvvisamente anche dell'incapacità di ascoltare.

Tommaso riprese possesso del suo taccuino:

Perché?

Si limitò a chiedere.

<<Marco è un bravo ragazzo ma è un terribile pettegolo>> non diede altre spiegazioni ma non ce ne fu bisogno perché Tommaso gli rivolse uno sguardo carico di gratitudine mentre si stringeva il taccuino al petto. Per un attimo Anselmo sentì come se tutto lo sforzo che stava compiendo per aiutare quel ragazzo ne valesse la pena.

VI

Si incamminarono a passo deciso verso il sentiero roccioso. Quando arrivarono erano ormai le sei del pomeriggio e avrebbero avuto ancora un'ora scarsa di luce. Anselmo aveva portato con sé due torce per ritrovare la strada del ritorno ma dovevano comunque affrettarsi se non volevano imbattersi in qualche abitante notturno del sentiero. Il vecchio decise di aspettare Tommaso in riva al lago, le sue anche erano troppe mal ridotte perché potessero sopportare gli ostacoli rocciosi di quel percorso.

Se sei stanco non sentirti obbligato a venire qui con me Scrisse Tommaso, lo sguardo lievemente velato di preoccupazione mentre lo analizzava da capo a piedi.

<<Ma voglio farlo solo... non riesco a...>> non riusciva a trovare le parole ma non ce n'è fu bisogno.

Tommaso intuì cosa volesse comunicargli e si congedò con un gesto della mano prima di sparire fra le rocce del sentiero.

Per Anselmo era difficile ammettere che il suo

corpo non era più forte come una volta. All'età di Tommaso era stato costretto a svolgere un addestramento militare, allora vi era una legge che lo imponeva a tutti i ragazzi. Non c'era stato ostacolo che non riuscisse a superare e peso che non riuscisse ad alzare per cui fu facile per lui iniziare una carriera in quel settore. La tenacia e la sua forza erano state invidiabili mentre adesso, giorno dopo giorno, doveva fare i conti con un corpo che si indeboliva, che subiva delle viariazioni metereologiche e che faticava alle volte ad alzarsi dalla sedia.

Si lasciò cadere sull'erba non senza prima avere perlustrato una parte del lago. Non voleva abbandonare del tutto quella pista di indagine anche se Tommaso non la condivideva. Quando ebbe finito in effetti non dovette aspettare a lungo prima di vedere spuntare una testa riccioluta alle sue spalle. I vestiti di Tommaso apparivano ancora più sporchi dell'ultima volta in cui erano stati lì e il suo sguardo ancora più spento. Con la testa rivolta in basso allungò la mano perché Anselmo gli passasse una torcia. Ormai infatti il celeste che precede il buio ricopriva il cielo ed era tempo di tornare. Non si dovettero parlare per capire che nulla era venuto fuori dalle ricerche di entrambi e che l'umore del ragazzo era notevolmente peggiorato dall'ora precedente. Cenarono in silenzio con del tonno sott'olio e delle patate bollite sul fuoco. Poi Tommaso sparì in bagno a darsi una ripulita. Ne spuntò fuori due ore più tardi, un tempo molto più del necessario a lavarsi, non senza che Anselmo avesse bussato tre volte per assicurarsi che stesse bene. Un colpo alla porta lo aveva confermato in tutti e tre i casi. Tommaso fece ritorno nella stanza ricoperto da un'aurea di gelida tristezza e quando lo fece trovò la casetta vuota e il fuoco nel camino quasi spento. Ne parve deluso, aprì lo zaino e ingoiò due pillole poi si mise il pigiama e riavvivò il fuoco sedendosi sulla poltrona. Mezz'ora più tardi un motore si spense all'esterno e un tonfo alla porta attirò la sua attenzione mentre Ares faceva capolino.

Qualche secondo dopo anche Anselmo entrò nel suo campo visivo, portava con sé una busta mentre sbatteva gli stivali per liberarsi del fango prima di entrare. Si chiuse la porta alle spalle rabbrividendo per lo sbalzo di temperatura fra l'esterno e l'interno della casa poi porse la busta a Tommaso.

<<Ti ho comprato il gelato>> non sorrise e non diede spiegazioni.

Si diresse verso la credenza dove prese due coppette e due cucchiai. Poi avvicinò la sedia alla poltrona mentre Ares tornava a dormicchiare sulla sua cuccia.

<<Non conoscevo i tuoi gusti. Ma a chi non piace cioccolato e nocciola?!>>

Gli occhi di Tommaso luccicarono di commozione.

Aprì la scatola con mani tremanti prima di scrivere:

Erano anni che non mangiavo un gelato

Anselmo si stupì più di quello che avrebbe dovuto

ma non rispose. Assaporarono in silenzio il gelato e Tommaso ripulì il contenitore. Quando finì mani e bocca erano completamente cosparsi di cioccolata. Di scatto si gettò al collo di Anselmo per un rapido e impacciato abbraccio e per un istante, solo uno, Anselmo sentì che essere abbracciato gli era mancato. Poi si alzò e dopo avere cercato qualche istante nel grande armadio tirò fuori un vecchio sacco a pelo che srotolò ai piedi del camino.

<<Non ho altro>> disse soltanto nella direzione di Tommaso mentre si infilava il pigiama e cadeva in un sonno profondo.

Il ragazzo non fece neanche in tempo a finire di scrivere:

Andrà benissimo

Anselmo stava già dormendo. Prese un cuscino dalla poltrona, accarezzò il muso di Ares e infilandosi nel sacco a pelo si addormentò quasi all'istante anche lui; le labbra, ancora sporche di cioccolata, lievemente incurvate all'insù.

La mattina svegliò Anselmo con i suoi raggi del sole che filtrando attraverso le tende sbatterono su Anselmo come tonfi schiaffi. La notte non aveva dormito serenamente. Aveva sognato di una bambina, stava nuotando nel lago e la vedeva annegare attraverso la sua finestra. Era corso fuori nel tentativo di aiutarla ma una volta giunto in riva al lago la bambina si era voltata verso di lui e aveva assunto le sembianze di un piccolo Gaetano.

Aveva cercato di gridare ma non ci era riuscito. Aveva cercato di entrare nel lago ma una forza glielo aveva impedito. Aveva allora allungato la mano verso di lui ma più si sporgeva più Gaetano si allontanava e alla fine lo aveva dovuto osservare andare giù, sempre più giù nell'acqua nera del lago, da dove niente più riemergeva.

Anselmo quindi era ancora chiuso in un umore torvo e oscuro quando Tommaso aprì gli occhi e gli rivolse un lucente sorriso. Afferrò il taccuino al volo e alzandosi all'istante scrisse:

Pronto per altre ricerche?

Anselmo gli rivolse un gesto della mano prima di mettersi piano a sedere:

<<Dai a un povero vecchio il tempo di prepararsi con calma!>>

Tommaso annuì con vigore, accarezzò Ares e corse a tirare giù dalla credenza l'occorrente per una abbondante colazione. Anselmo si stropicciò gli occhi nel tentativo di cancellare l'incubo che aveva vissuto tutta la notte ma era difficile eliminare quelle immagini dalla sua mente, soprattutto quando si erano avvinghiate con tanta facilità al senso di colpa che lo divorava.

Da come Tommaso guardava nella sua direzione Anselmo capì che doveva avere intuito qualcosa, quel ragazzo era molto più intelligente di quello che si poteva pensare a prima vista. Per cui senza girarci troppo intorno confermò quello che Tommaso aveva già capito:

<<Ho fatto un tremendo incubo stanotte>>

Il ragazzo annuì poi indicò la sedia di fronte a sé. Mangiarono in silenzio ma Tommaso appariva irrequieto, si muoveva spesso sulla sedia come se non riuscisse a rimanere seduto.

<<Cosa ti prende?>>

Tommaso ingoiò le usuali due pillole.

<<Forse farebbero bene anche a me, in questo momento>> ridacchiò amaramente Anselmo.

Il ragazzo appariva lievemente turbato dal suo cambiamento di umore. Fino a quel momento era stato lui la parte forte.

Cosa ti prende?

Scrisse sul taccuino riprendendo la formula che Anselmo aveva appena rivolto a lui.

Quando non ricevette risposta insistette:

E' per via dell'incubo?

<<Sì. Ma tu pensa a mangiare e lascia stare un vecchio ai suoi affari>>

Tommaso fece segno di *no* con la testa e con le mani.

<<Cosa c'è?>>

Parla.

Anselmo scoppiò a ridere.

<<Proprio tu mi fai la predica?>>

Tommaso annuì, serio.

<<Mi manca Gaetano, ogni giorno sempre di più>> Anselmo vomitò fuori quelle parole con una lentezza innaturale.

E' ancora vivo tuo figlio?

<<Cielo! Certo che sì!>> si acciglò mentre le immagini del sogno ripercorrevano la sua mente.

Scusa, solo non mi hai mai parlato di lui...

<<Non ho più contatti con lui, semplicemente>> l'ultima parola pesava più di tutte perché nulla appariva realmente *semplice*.

Perché?

<<Ho fatto una cosa orribile, Tommaso, di cui mi vergogno tanto e che di certo non racconterò! >> quasi lo disse gridando mentre petto e gola bruciavano e pulsavano perché erano troppe le emozioni che il vecchio cercava di trattenere, in quel momento, dall'esplodere.

Parla.

Anselmo lo guardò qualche istante prima di tornare a mangiare. Inutile dire che il suo stomaco si era chiuso e che nulla più riuscì a ingoiare. Masticava gli stessi cereali da due minuti quando Tommaso sventolò nuovamente il taccuino davanti alla sua faccia.

Parla. Fidati di me. Parla

Anselmo soppesò i suoi pensieri. Era difficile ripercorrere nuovamente gli avventimenti che per quindici anni aveva cercato di nascondere anche a se stesso. La vergogna e l'odio che aveva provato verso se stesso per ciò che aveva fatto era il motivo per cui allora era salito su un auto e guidato da Agrigento, senza mai fermarsi, per chilomentri e chilomentri prima di trovarsi a Castelmezzo. Aveva lasciato dietro di sé la città che lo aveva visto crescere e invecchiare, la sua vita e un figlio. Era in viaggio da sedici ore quando si era ritrovato ad attraversare quel paesino dimenticato da Dio.

Castelmezzo gli era apparso da subito colmo di tristezza e rancore; quando si era ritrovato di fronte a una casina pericolante e isolata non aveva avuto dubbi sul fatto che quel paese avrebbe potuto accogliere e nascondere alla vista anche la sua di anima imbarazzata e tormentata.

<<Ho sbagliato con lui, mi vergogno a ripetere cos'è successo>>

Tommaso protese il suo lungo braccio verso il mento di Anselmo per costringerlo a guardare verso lui mentre puntava il dito verso ciò che aveva già scritto.

Parla. Fidati di me. Parla

Anselmo non aveva mai confessato a nessun altro, all'infuori di Enol, il motivo del suo arrivo a Castelmezzo e rare volte permetteva alla sua mente di ripercorrere gli eventi che lo avevano allontanato dalla sua unica ragione di vita. Ma quel ragazzo così triste, così intelligente che si trovava di fronte a lui lo stava implorando di parlare, di *aprirsi*. Per qualche ragione Anselmo percepì che il senso di colpa che si portava dietro era un bagaglio che Tommaso poteva comprendere bene. Fu un fiume di parole pesanti quelle che gli uscirono, pesavano come lava ed ebbero l'effetto di un vulcano che erutta. Alla fine del racconto si sentì svuotato. Anselmo iniziò così:

<<Il rapporto con mio figlio ha sempre avuto alti e bassi. Non nego che Gaetano è sempre stato un ragazzo testardo ma pieno di ambizioni. C'era sempre stata una certa intesa comunque fra di

noi. Ogni settimana ci ritagliavamo due giorni per passare il pomeriggio insieme, immersi in qualche attività. Eravamo due complici. Ma per un lungo periodo Gaetano iniziò e abbandonò così tanti progetti che cominciai a preoccuparmi seriamente per il suo futuro. Si era gravemente indebitato e passò qualche mese ciondolando fra un bar e un altro, fra casa di questo e quell'amico. Iniziammo a litigare. Non era mai piacevole discutere con lui ma ero preoccupato di come le sue ambizioni fossero in realtà travestite da condanne. Mio figlio non aveva un percorso preciso, un obietivo specifico e questo forse destabilizzava più me che lui, a ripensarci ora...>> si fermò un istante a riflettere <<comunque, pensai che fosse il mio dovere di *padre* quello di rimettere in riga mio figlio. Diventai molto più severo di quanto fossi mai stato con lui anche se ormai Gaetano era un uomo adulto. Presto non ci vedevamo se non in rare occasioni, aveva sempre una scusa per non passare da me. Così quando dopo mesi si presentò alla mia porta parlandomi di un nuovo progetto lavorativo e chiedendomi dei soldi in prestito per l'acquisto di una casa, la mia vista si annebbiò...>>

Anselmo si alzò, a fatica l'aria riusciva a entrare nei suoi polmoni. Tommaso si avvicinò a lui e gli mimò degli esercizi di respirazione. Fece sedere il vecchio e gli preparò il tè mentre con le mani fra i capelli Anselmo osservava qualche sporadica lacrima cadere sul tavolo. Tommaso gli porse la tazza di tè e con uno sguardo carico di comprensione lo spronò a continuare il racconto. Anselmo scosse appena la testa prima di riuscire di nuovo a eruttare un miliardo di parole brucianti:

<<Litigammo come non avevamo mai fatto. Lo etichettai con offese che neanche condividevo e infine feci un enorme sbaglio>> Anselmo respirò tre volte <<avevo una cintura appoggiata sul divano, l'avevo dimenticata lì quando mi ero tolto i jeans per preferire una tuta più comoda. Per cui nella furia delle grida la afferrai al volò e perso ogni senno colpii Gaetano... e dopo lo colpi di nuovo e ancora e *ancora*!>>

Anselmo stava sudando:

<<Gaetano finì all'ospedale per colpa dell'orribile persona che sono. Stava dormendo quando, guardando oltre il vetro della stanza dell'ospedale in cui era finito per colpa *mia* ho guardato il mio riflesso. E per un istante, giuro su Dio, che non ho visto il mio riflesso ma quello di mio padre>>

Aveva fatto lo stesso con te?

<<Sì. E mi ero promesso... lo avevo *promesso*...>>

Di non essere come lui?

Anselmo annuì ma ormai stava piangendo. Tommaso si protese verso di lui per appoggiargli una mano sulla spalla.

<<Provai un senso di disgusto così intenso verso me stesso, una vergogna e un senso di colpa talmente grande che uscii dall'ospedale, salii sull'auto e non feci mai più ritorno ad Agrigento e mai più sono riuscito a rivolgere la parola a mio figlio>>

E' da allora che hai perso i contatti?
Anselmo annuì e smise di piangere.
<<Pensi che sono una persona orrenda adesso che ti ho raccontato cosa ho fatto?>>
Tommaso scosse la testa varie volte.
Penso che dovresti chiedere scusa a tuo figlio
<<Non accetterebbe mai le mie scuse! Quale padre farebbe questo a suo figlio?>>
Il mio.
Anselmo lo scrutò per qualche secondo.
Con la differenza che in lui non vi era l'ombra della colpa.
Tommaso alzò la maglietta e voltandosi di schiena mostrò una cicatrice.
Avevo quattordici anni e lui era ubriaco. Voleva che parlassi con la voce e smettesi di scrivere... insomma alla fine si arrabbiò e mi lanciò una bottiglia di birra, ancora piena, addosso. Mi colpì sulla schiena. La bottiglia finì in terra e si ruppe in mille pezzi. Con il vetro mi scheggiai i piedi. Non mi aiutò nessuno a ripulirmi, né lui né mia madre. Due giorni dopo entravo nel mio primo Istituto.
Anselmo appariva inorridito, la bocca secca, incapace di parlare.
Non è mai troppo tardi. Dovresti chiedere scusa a tuo figlio. Magari lui spera che tu lo faccia...
<<Dubito mi pensi ancora>>
Un figlio pensa sempre a un padre. Per quanto mi hanno fatto soffrire avrei perdonato i miei genitori se mi avessero rivolto delle scuse...
Posò il taccuino suggerendo che la conversazione

era chiusa. Entrambi dovevano tenere ora a bada sentimenti ribollenti che si erano risvegliati in loro.

Anselmo fece un fischio ad Ares. I tre iniziarono la camminata verso il sentiero roccioso.

VII

Le margherite erano ormai sbocciate a milioni e nell'aria si respirava l'odore della primavera. Quando giunsero al sentiero Anselmo prese il suo posto sul prato insieme ad Ares mentre Tommaso svaniva fra le rocce. Non aveva ancora capito bene cosa il ragazzo cercasse in quella zona ma se quella sua ricerca poteva servire ad alleviare appena le sue pene non voleva di certo interferire. Lo stomaco di Anselmo appariva in subbuglio, la testa gli ronzava. Aveva tanto da pensare soprattutto dopo che Tommaso lo aveva convinto a fare riaffiorare ricordi che scacciava in angoli oscuri della sua mente da anni. Pensava a ciò che il ragazzo gli aveva detto e cioè che sarebbe stato in grado di perdonare i genitori se solo avesse ricevuto delle *semplici* scuse. Fu inevitabile allora che si chiese se anche in Gaetano ci fosse spazio per il perdono. Mentre la sua mente si contorceva fra dubbi e quesiti Ares rincorreva le api e le rondini. Era una giornata calda, il sole era luminoso e l'acqua del lago scintillava sotto i suoi raggi come se fosse ricoperta da tante pepite d'oro.

Anselmo si distese sull'erba insieme ad Ares e si fece cullare da un vento piacevolmente caldo. Chiuse gli occhi e si addormentò; quando li riaprì Tommaso era già di ritorno e lo osservava con aria leggermente divertita. Era da poco passata l'ora di pranzo, la gola gli bruciava e il braccio destro era lievemente ustionato dal sole, evidentemente era stata l'unica parte del corpo esposta alla luce.
Anselmo rivolse uno sguardo interrogativo a Tommaso:
Niente. Anche oggi.
<<Non sarà forse il caso di spostare le tue ricerche in un'altra zona?>>
Tommaso scosse il capo.
Anselmo sospirò e si alzò. I tre ritornarono lentamente verso casa.
Cosa mangiamo oggi?
Scrisse Tommaso mentre si richiudeva la porta alle spalle.
Anselmo si tolse la pesante felpa e si lasciò cadere sulla poltrona.
<<Puoi pensarci tu?>> la testa gli pulsava.
Si alzò solo per ingoiare una pastiglia che alleviasse il dolore poi tornò alla sua postazione. Tommaso si diede da fare volentieri. Scovò il formaggio che proveniva dalla fattoria di Enol e del pane duro, doveva stare lì da giorni. Tagliò a fatica diverse fette e dopo averle cosparse di formaggio e pomodoro le posò di fianco al fuoco.
Bruschette!
Mostrò il taccuino ad Anselmo che sorrise.

<<Bravo ragazzo!>>

Tommaso ricambiò il sorriso per un istante prima di incupirsi.

Anche oggi non l'ho trovata

<<Ma perché è lì che la cerchi?>>

Tommaso roteò su stesso ma non riuscì a rispondere, fece per prendere le sue medicine ma ci ripensò. Si sedette sul pavimento di fianco ad Ares e alla poltrona in cui sedeva Anselmo, poggiò la testa sul bracciolo e chiuse gli occhi. Anselmo osservò quel quadretto e il suo cuore si scaldò appena. Infine si alzò per terminare di apparecchiare e quando le bruschette furono pronte pranzarono con rinnovato spirito.

<<Ottime, complimenti!>> fece Anselmo tirando sù un pomodorino caduto nel piatto.

Ho solo assemblato degli ingredienti

<<Allora lo hai fatto bene!>> rise il vecchio.

A Tommaso invece risero gli occhi.

I due decisero di non riposare dopo pranzo per evitare di mandare all'aria un altro pomeriggio di ricerche. In ogni caso Anselmo aveva già dormito abbastanza la mattina. Chiamarono Ares e chiusero la porta quando, voltandosi, Anselmo notò le familiari mucche pascolare di fronte casa sua. Si guardò intorno in cerca dell'amico ma la prima cosa che notò non fu il rosso dei suoi capelli ma del bianco e quando riuscì a mettere a fuoco notò che non si trattava affatto di Enol né di nessuno di sua conoscenza. Era un signore pressocché della sua età: la sua testa e il suo viso erano ricoperti di peluria bianco candido, indossava un panciotto e un vestiario che ricordava i signori di un tempo. Era leggermente sovrappeso e aveva le guance arrossate.

<<Salve>> iniziò Anselmo nella sua direzione <<ha visto un signore con i capelli rossi nei dintorni?>>

<<Salve>> ricambiò il saluto quegli <<parli di Enol?>>

Anselmo si stupì che quell'uomo conoscesse il nome dell'amico.

<<Sì, proprio lui!>> si affrettò poi a dire.

<<Eccolo lì>> l'uomo indicò un punto non tanto lontano <<sta arrivando>>

<<*Oh*>> non era da lui lasciare anche per pochi istanti le sue *sensibili* mucche incustodite.

<<Mi permetta di presentarmi>> fece poi l'uomo stringendogli la mano <<Edmondo Bianchi>>

Anselmo rimase immobile, la mano ancora ferma nella stretta dell'uomo, la bocca spalancata. Tommaso gli si avvicinò incerto per premergli due volte il dito sulla spalla e accertarsi che stesse bene. Nel frattempo Enol aveva raggiunto il piccolo gruppo e osservando la scena era scoppiato in una fragorosa risata. Edmondo liberatosi della stretta aveva riso anche egli.

<<Anselmo amico mio!>> iniziò Enol, gli occhi imperlati di lacrime <<ho una notizia da darti>>

Anselmo finalmente richiuse la bocca:

<<Lo intuivo, vecchio bastardo!>> rise infine anche Anselmo della sua stessa reazione <<immagino fosse questo il tuo *impegno* fuori

città>>

Enol rimase un istante sconcertato prima di replicare:

<<Marco...>> alzò gli occhi al cielo <<non sa tenere nessuna informazione per sé>>

Anselmo convenne, poi spiegò:

<<Mi ero preoccupato molto sapendoti fuori città. Tu non ti allontani mai dalla tua fattoria!>>

<<Ma non c'è nulla di cui preoccuparsi come vedi, solo di che festeggiare!>>

<<Infine hai risposto alla lettera di Edmondo...>> osservò Anselmo <<sono contento>>

<<Mi ha chiamato>> aggiunse Edmondo <<è così surreale trovarsi qui. Dopo tutti questi anni...>>

<<Sembrerà surreale... ma a me sembra di conoscerti da una vita per quanto Enol ha parlato in questi anni di te>>

Edmondo apparve commosso e stampò un rapido bacio sulla guancia di Enol.

<<Vi lascio soli>> si affrettò allora a dire Anselmo immaginando comunque che non vedesso l'ora di raccontare come avessero passato separati tutti quegli anni.

<<Tu come stai?>> chiese invece Enol lanciando un'occhiata accusatoria a Tommaso.

Fu allora che il vecchio si riscosse e guardando anch'egli nella direzione del ragazzo esclamò:

<<Tommaso! Scusami, nell'emozione del momento non ti ho presentato>>

Il ragazzo scosse la testa come ad indicare che non si era offeso.

<<Edmondo, questo è Tommaso>> indicò nella sua direzione e i due si strinsero la mano.

A Tommaso non passò inosservato come Anselmo non ci avesse pensato molto questa volta prima di presentarlo con il suo vero nome.

<<E' tuo nipote?>> chiese Edmondo ad Anselmo ma aspettandosi una risposta da Tommaso.

<<No, è un ragazzo che si appoggia da me per un po' ma non aspettarti molte parole da lui>>

Non so parlare

Scrisse Tommaso sul taccuino per poi mostrarlo a Edmondo.

<<*Oh*>> fece Edmondo.

Poi Tommaso guardò Anselmo in cerca di un'approvazione a un quesito che il vecchio in qualche modo capì al volo, quindi annuì.

Sto cercando mia sorella. E' scomparsa in zona sei anni fa.

<<Ma è terribile!>> Edmondo si portò una mano al petto <<è ammirevole che tu sia alla ricerca di lei ancora adesso. Non ti arrendere!>>

<<Devi avere sentito parlare di lei>> aggiunse Enol <<hanno parlato molto della morte di Elettra Villa qualche anno fa>>

<<Oh non avevo capito fosse *morta*>> Edmondo apparve confuso e in imbarazzo.

Tommaso fece segno di *no* con la testa e con le dita sbattendo un piede per terra e roteando su se stesso. Anselmo gli posò una mano sulla spalla. Il ragazzo guardò allora nella sua direzione, sembrava sul punto di piangere.

<<Io ti credo>> disse poi Anselmo di getto.

Neanche lui seppe il motivo per cui lo disse ma sapeva che era la cosa giusta da fargli sapere. Tommaso si gettò su di lui in un abbraccio più lungo della prima volta e Anselmo non si spostò di un passo.

Enol quasi non si strozzò con lo stuzzicadenti che aveva l'abitudine di tenere appoggiato sulle labbra. Il suo amico aveva sempre detestato ogni forma di contatto fisico. Per un istante vide e intuì una finestra verso la guarigione del cuore dell'amico e decise di affacciarsi anche lui:

<<Tommaso scusami>> iniziò <<ho solo riportato quello che ho letto sui giornali>>

Tommaso lo guardò qualche istante poi annuì.

I giornali mentono

Si limitò a scrivere poi volgendo il taccuino verso Anselmo aggiunse:

Andiamo?

Poi senza aspettare una risposta si incamminò. Ares guaì nel vederlo allontanarsi senza di loro; anche il cane si era ormai legato a lui.

<<E' un bravo ragazzo>> fece poi Anselmo sapendo che Tommaso non poteva sentirlo.

<<Ti stai affezionando? Dì la verità!>> lo stuzzicò Enol.

Anselmo sussultò, arrossì ma non rispose.

<<Hai chiamato l'Istituto o la sua famiglia per far sapere loro che è qui?>>

<<No. Lui non ha piacere>>

<<Ma saranno sicuramente preoccupati!>>

<<Se ascoltassi i suoi racconti non sembrerebbe...>> Anselmo riflettè qualche secondo poi si corresse <<Se *leggessi* i suoi racconti...>>

Enol porse allora un ritaglio di giornale ad Anselmo:

<<Ho letto questo articolo mentre aspettavo l'arrivo di Edmondo alla stazione, ieri>>

Anselmo analizzò il pezzo di carta che stringeva tra le mani. Era una sezione piccola di una pagina che parlava di casi ritenuti più importanti. In evidenza vi era una foto di Tommaso, lo sguardo cupo rivolto verso la camera, le labbra incurvate all'ingiù. Nel tempo che era stato con il ragazzo solo una volta aveva visto in lui un'espressione di tale tristezza: al suo arrivo nel cuore della notte. Il giornalista riportava la fuga dall'Istituto Giovani Speranzosi di Milano di Tommaso Villa e la preoccupazione dei suoi genitori. In basso lasciava, per chiunque avesse informazioni a riguardo, i recapiti della polizia e dei genitori che avevano insistito per essere inseriti nell'articolo. *Ti vogliamo bene Tommaso, torna a casa.*

Anselmo ripensò alla cicatrice sulla schiena di Tommaso e rabbrividì. Dove si nasconde la verità in una storia?

Il vecchio non commentò, piegò il ritaglio di giornale e se lo infilò in tasca.

<<Ora devo andare>> disse infine.

Enol sorrise comprensivo poi si congedò dall'amico.

<<Buona fortuna allora nelle vostre ricerche. Sono... anzi *siamo*>> guardò verso Edmondo <<sempre a disposizione se avete bisogno>>

<<Grazie>>

Anselmo e Ares presero la strada verso il sentiero roccioso.

Wof! Wof!

Ares attirò l'attenzione di Tommaso che notando che si stavano avvicinando si fermò perché lo raggiungessero poi insieme proseguirono a camminare.

Anselmo procedeva silenzioso, guardando distrattamente le montagne che si stagliavano all'orizzonte con la testa invasa di interrogativi, un brusio sordo come quello di tante api in un'alveare. Tommaso toccò il suo braccio per attirare la sua attenzione poi gli mostrò il taccuino:

Come mai così pensieroso?

Anselmo valutò qualche secondo le opzioni che aveva: mentire o dire la verità. Infine tirò fuori dalla tasca l'articolo e lo porse a Tommaso.

Dove lo hai preso?

<<Enol...>>

Tommaso annuì mentre rileggeva la seconda volta. Anselmo osservò:

<<Forse dovremmo telefonare...>>

Il ragazzo strabuzzò gli occhi e scosse la testa deciso. Strappò il ritaglio di giornali in pezzettini minuscoli e lasciò che il vento li portasse via. Poi scrisse:

Prometti

Anselmo sospirò:

<<D'accordo, chiamerai tu se lo deciderai. Io non lo farò, *promesso*>>

Tommaso apparve distratto per il resto del tragitto e smanioso di arrivare. Una volta giunti al sentiero roccioso corse a imboccarlo senza salutare. Anselmo si lasciò cadere pazientemente sull'erba. Ormai aveva perlustrato a fondo la riva di quel piccolo lago, a meno di immergersi nelle sue acque niente aveva più da offrire quella zona nelle indagini. Siccome poi Tommaso non appariva interessato a ricercare indizi altrove e le gambe di Anselmo iniziavano a cedere alla fatica degli ultimi giorni, volentieri il vecchio attese il ritorno del ragazzo all'ombra di un albero lanciando di tanto in tanto un bastone ad Ares.

Tommaso tornò che il cielo trasudava di rosa e arancio e il sole stava preparandosi a calare dietro le montagne.

Si lasciò cadere sul prato, di fianco ad Anselmo, visibilmente nervoso. Strappò via l'erba in preda a una rabbia esplosiva che quando placò si tramuto in pianto. Si portò la testa alle ginocchia e si cinse le gambe con le braccia. Anselmo gli passò una mano sulla schiena con fare consolatorio, la vulnerabilità del ragazzo in quel momento lo commuoveva.

<<Hai fatto tutto quello che era in tuo potere>> provò a dirgli Anselmo intuendo le ragioni del suo malessere.

Tommaso emise un lamento e il pianto divenne

più rumoroso.

Ad Anselmo si contorceva lo stomaco a tastare la sua tristezza senza nulla poter fare e così due lacrime scesero anche le sue guance. Come se esse potessero fare rumore, Tommaso alzò la testa e vedendole scendere sulle sue guance le asciugò passando un dito sulla sua faccia.

Tu sei un brav'uomo

Scrisse questo e dopo essersi ricomposto guardò verso il lago.

Anselmo prese un secondo il taccuino dalle mani di Tommaso e rileggendo quelle parole apparve commosso e incredulo.

<<Non sono stato un brav'uomo agli occhi di mio figlio, come posso esserlo ai tuoi?>>

Tommaso riprese possesso del taccuino.

Lo sei, fidati. Io ti vedo

<<Cosa vuoi dire?>>

Vedo come sei.

<<Sono solo un uomo che ha fatto una cosa orribile verso la persona che più amava e poi è fuggito. Sono un vigliacco, una nullità...>>

Tommaso lo interruppe posandogli una mano sul braccio.

Io sono come te

<<Non capisco>>

Anche io ho sbagliato e per colpa mia, mia sorella è scomparsa. Pensi che una persona può avere un cuore così forte da perdonarsi un tale sbaglio?

<<Perché pensi che sia colpa tua?>> Anselmo apparve sinceramente confuso.

Perché lo è.

Il vecchio non rispose lasciando a Tommaso la possibilità di spiegarsi solo nel caso si fosse sentito di farlo. Così fu:

Non l'ho mai detto a nessuno.

<<Cosa?>>

Prometti che non mi giudicherai. Prometti che non mi manderai via

<<Perché mai dovrei?>> si acciglò Anselmo.

Perché sono una cattiva persona

<<Chi non lo è? Io lo sono>> rise amaramente il vecchio.

Tommaso scosse la testa e una lacrima gli rigò la guancia poi sospirando scrisse a lungo. Il suo sguardo appariva vuoto e perso in luoghi lontani. La sua mano sembrava scrivere da sola, trasportata da un'antica forza, quella che ti libera della pressa dei segreti:

Il 2 luglio di quell'anno le cose non sono andate come tutti pensano...

I miei genitori non avevano mai smesso di urlarsi offese, da quando eravamo partiti da Milano. L'aria in macchina era molto tesa e io cercavo di intrattenere Elettra con giochi e canzoncine. Io ero abituato alle loro grida ma lei no, lei era così piccolina... aveva solo tre anni. Non conosceva ancora la difficoltà di vivere in una famiglia come la nostra: perfetta agli occhi delle persone, orrenda all'interno delle mura di casa. Ma io non volevo conoscesse la mia stessa sofferenza. Quando ci fermammo in riva al lago e i miei genitori iniziarono a litigare di nuovo, fui molto contento di portare Elettra lontano da loro, a giocare. Ma ero anche stanco di dover fare da padre a mia sorella quando tutto quello che volevo era essere, per lei, il fratello maggiore. Mia sorella poi... era la preferita dei miei genitori. So che non dovrei pensarlo ma a tutti gli effetti era così. Non veniva mai sgridata e veniva ricoperta di regali tutti i giorni. Invece non c'era sbaglio che io non dovessi ripagare e botte che non dovessi prendere per questo motivo. Devi sapere che io stesso nacqui per errore, e uno sbaglio lo è per sempre. Elettra invece era stata in qualche modo desiderata...

In ogni caso mia sorella era difficile da gestire per me, era esuberante e un po' viziata. Ci allontanammo più del previsto perché lei così voleva. Faceva decisamente troppo caldo e lei decise di levarsi la felpa e la maglietta che indossava. La pregai di rivestirsi quanto meno per non scottarsi al sole e non essere sgridato dai nostri genitori che mi avrebbero ritenuto responsabile. Lei non mi ascoltò e lanciò la sua maglia e la sua felpa nel lago. Poi gridando NASCONDINO! Scomparve dietro un sentiero roccioso.

Tu, Anselmo, sai già quale.

Non avevo voglia di correrle dietro, avevo farme e avevo caldo... così guardai la direzione che aveva preso e mi sedetti un momento a riposare pensando che se fosse rimasta cinque minuti da sola non le sarebbe successo niente... In quel momento, osservando il lago notai che i vestiti di Elettra stavano per essere portati al largo così persi tempo nel tentativo di recuperarli con un bastone. Non potevo gettarmi nel lago, i miei genitori si sarebbero innervositi a vedermi tornare bagnato. Mi accorsi però che facendo così non solo non recuperai i vestiti ma anche che avevo perso del tempo.

Da quanto Elettra era rimasta sola?

Così corsi a imboccare il sentiero e gridai il suo nome diverse volte dicendole che ormai poteva saltare fuori. Mentii e urlai che sapevo dove si nascondeva. Poi provai a dirle che dovevamo tornare indietro, che era tardi e che mamma e papà ci avrebbero messo in castigo. Ma nulla, di lei non c'era traccia. Iniziai a cercarla dappertutto ma il sentiero era così lungo e pieno di ostacoli. I posti in cui nascondersi erano a milioni, c'erano tante piccole fessure lungo le pareti rocciose dove mia sorella di tre anni poteva entrare alla perfezione. Così iniziai a sudare in preda al panico. Le gridai le mie scuse, la pregai di saltare fuori, le promisi la cioccolata di un anno. Non funzionò. Elettra non c'era. Non sapevo cosa fare così corsi indietro con una velocità che non conoscevo come mia e urlai verso i miei genitori NON TROVO PIU' ELETTRA!

Il resto della storia la conosci già all'apparenza: la polizia... quei pochi poliziotti che vennero inviati, i volontari senza una minima formazione e i miei genitori che mi lanciavano occhiate accusatorie, che non riuscivano neanche più a sedersi al mio fianco. Ricordo noi nella sala d'attesa della polizia, aspettando notizie di mia sorella, dopo il tentativo di interrogarmi. Loro seduti lontani da me. Avevo tentato di trovare un conforto e mi avevano spinto via dicendo che non era il momento dei sensi di colpa, che sarei dovuto stare più attento. Più loro mi guardavano a quel modo più le parole morivano nella mia bocca e la vergogna era così tanta e il senso di colpa un demone sulle mie spalle. E volevo parlare ma non riuscivo e le parole bruciavano e morivano nella mia gola; lottavano nella mia mente ma non trovavano via di uscita.

Ci dissero che Elettra era morta e quello fu il colpo di grazia. Ricordo che dormivamo in attesa di notizie in una piccola stanza dell'unico hotel di Castelmezzo e di come mi svegliai da solo, con la polizia che bussava alla porta per darmi una notizia che i miei genitori avevano già appreso. Li rividi solo alla sera dopo avere passato l'intera giornata seduto nell'ufficio della polizia senza sapere dove fossero, fra gli sguardi indifferenti o, peggio, carichi di pietà dei poliziotti. Quando poi i miei genitori vennero a prendermi non ci furono abbracci, non ci furono parole di consolazione ma solo accuse che mi attendevano e più mi accusavano più le parole mi morivano in bocca e quando finalmente riuscirono a trovare una via di fuga io dissi ai miei genitori: NON E' MORTA, SI E' NASCOSTA! SI E' NASCOSTA E NON LA TROVO PIU'!

Ricordo ancora il tonfo sordo dello schiaffo che la mia guancia attutì, mia mamma che si massaggiava la mano dolente per via dell'urto e che gridava: SEI SEMPRE STATO GELOSO DI TUA SORELLA E ANCHE ADESSO CERCHI DI ATTIRARE L'ATTENZIONE? BHE ORA NON C'E' PIU', SARAI CONTENTO.

Non ebbi parole per rispondere e non le trovai mai più.

Mia sorella è scomparsa ed è colpa mia, Anselmo. Vuoi sapere chi è la persona cattiva fra noi due?

Quando finì il suo racconto era ormai calata la sera e l'aria era frizzantina. Anselmo aveva aspettato con pazienza che Tommaso finisse di scrivere. Il ragazzo gli porse il taccuino che conteneva una scrittura affrettata e pasticciata ma anche la confessione più grande della sua vita. Anselmo accese la torcia per poter leggere le sue parole mentre Tommaso nascose la testa fra le mani. Di tanto in tanto apriva le dita per poter sbirciare la reazione di Anselmo alle sue parole mentre il suo corpo tremava tutto. Seppe che Anselmo era arrivato alla parte cruciale della sua confessione quando sospirò di sorpresa. Scattò allora in piedi e iniziò a roteare su stesso, ansimando e gemendo. Il vecchio non ci fece caso preso com'era da quel racconto di tristezza. Posò il taccuino dopo aver letto l'ultima frase e si girò d'istinto verso Tommaso. Il ragazzo si stava torcendo i capelli in preda al nervoso e quando puntò il suo sguardo in quello di Anselmo seppe che non era stato giudicato e cadde a terra in preda a un lungo pianto. Anselmo non ci pensò sù e lo abbracciò a lungo mentre nella sua mente si faceva strada la consapevolezza di quanto la vita fosse stata dura per Tommaso e di quante responsabilità si era dovuto fare carico a un'età in cui anche lui era un bambino e avrebbe avuto bisogno di protezione.

<<Non è stata colpa tua>> riuscì infine a dire con

voce rotta dall'emozione.

Tommaso smise d'improvviso di piangere per puntare il suo sguardo negli occhi di Anselmo. Prese la sua testa fra le mani e guardò ancora più a fondo negli occhi del vecchio come a voler rintracciare in quanche angolo profondo una traccia di menzogna; ma non vi era. E quando constatò la veridicità delle sue parole fissò il suo sguardo sul lago. Intanto Ares che era stato spettatore della scena, si aprì col muso un varco fra le braccia di Tommaso per potergli stampare una leccata sulla guancia. Le labbra del ragazzo si curvarono appena mentre accarezzava il cane e il suo respiro tornava a regolarizzarsi.

Anselmo seppe in quel momento come si doveva sentire Tommaso perché tante volte tentò di aprire bocca ma le parole gli morivano sulla punta della lingua perché nessuna di esse gli pareva adeguata. Ragionò sul motivo delle ricerche del ragazzo in quella zona ma ancora, in quel momento, non ne trovava il filo logico. Tommaso continuava a sostenere che la sorella fosse ancora in vita e che cercasse indizi che l'aiutassero a trovarla. Per quanto gli articoli di giornale che Anselmo aveva letto potevano contenere una storia diversa, anche dalla confessione di Tommaso si poteva dedurre che la piccola sorellina non avesse in realtà trovato scampo, in qualche modo. Anselmo non ebbe il coraggio di confessare ad alta voce questa sua convinzione e ragionò sui successivi passi che potevano fare. Risultava ormai inutile ai suoi occhi continuare le ricerche in un sentiero che, se non offriva i resti del piccolo corpicino, nulla aveva da dare; non dopo sei anni. Ma anche questo non poteva dire a Tommaso. Ragionò e ragionò ancora finché la sua mente non ripercorse più volte gli articoli che aveva riletto poche notti prima. Un'immagine allora gli si parò davanti agli occhi, un articolo che aveva ignorato e accantonato, un'idea che la sua mente gli stava suggerendo. Si alzò in piedi e, tesa la mano a Tommaso, lo aiutò ad alzarsi. Gli passò una torcia e con un fischio indicò ad Ares che era tempo di tornare a casa.

VIII

Non parlarono affatto fino al loro arrivo a casa. Ares corse ad aprire la porta, era ormai un'abitudine che lo divertiva. Quando la richiusero Tommaso andò a sedersi su una sedia, che girò al contrario per cui aveva le braccia e la testa appoggiate sullo schienale mentre osservava Anselmo intento a frugare nel vecchio baule delle cianfrusaglie. Ne tirò fuori tutti gli articoli riguardanti la piccola Elettra Villa e quando il ragazzo capì di cosa si trattasse fece una smorfia di dolore.

E' una coincidenza quasi inquietante che tu conservassi questi giornali

Anselmo non potè che convenire prima di aggiungere:

<<Voglio mostrartene uno...>>

?? - si limitò a scrivere.

Insistì, poi, non ottenendo risposta:

Non c'è niente che non abbia già letto

Il vecchio tenne la testa rivolta al contenuto del baule e frugò ancora prima di riuscire a trovare ciò che cercava. Rilesse velocemente prima di annuire ma a se stesso. Trascinò una sedia a fianco a quella di Tommaso e mostrò ciò che stringeva tra le mani. Le foto in risalto ritraevano, in grande, Elettra e, in piccolo, una foto di famiglia. Il ragazzo passò le dita sulle immagini velocemente prima di concentrarsi sul testo. Era un articolo standard che riportava i fatti avvenuti il 2 luglio 1984 come aveva fatto qualsiasi altro giornale.

Anselmo inziò a leggere da metà le parole della giornalista:

<<A un anno dalla tragedia sono qui ad indicarvi una pista che per qualche ragione è stata ignorata ad oggi. Due testimonianze, si tratta di... >> continuò dal punto che gli interessava <<per più volte giurerebbero di avere avvistato nei dintorni di Castelmezzo una bambina somigliante la descrizione di Elettra Villa. Perché la questione è stata ignorata?>>

Tommaso sgranò gli occhi e strappò il pezzo di giornale dalle mani di Anselmo che ricordava a grandi linee il resto. Si trattata di una denuncia della giornalista nei confronti della polizia di Castelmezzo accusata da questa di avere svolto all'epoca dei fatti delle indagini con grossi errori di valutazione. Accusava la polizia di avere avuto pochi mezzi e persone a disposizione per le ricerche, di essere stata impreparata ad affrontare il caso e di avere affrettato i tempi nel chiuderlo. Questo perché, i poliziotti, spaventati dall'attenzione che l'intera Italia aveva dato alla scomparsa della bambina, non volevano si notassero le mancanze. Per la giornalista quindi a chiudere il caso non era stata la sua effettiva risoluzione ma la volontà di evitare che la polizia di Castelmezzo venisse condannata per gli sbagli nell'indagine. Restava allora, per lei, una domanda aperta: che cosa ne era stato della piccola Elettra Villa?

Lo stesso quesito stava ora volando sopra le teste dei due, inafferrabile dubbio.

Tommaso corrugò il viso:

Perché non me l'hai mostrato prima?

<<Non ricordavo di averlo letto, mi è tornato in mente mentre leggevo le tue parole...>>

Il ragazzo pensò qualche instante poi rivolse un sorriso immensamente grande ad Anselmo.

<<Pensi cambi qualcosa?>> chiese il vecchio indicando l'articolo.

Tommaso annuì con convinzione.

Conferma quello che già sapevo. Non è morta!

Anselmo non ne era profondamente convinto ma una possibilità a quel ragazzo di dimostrare quanto diceva doveva essere data, in fondo la piccola Elettra era stata dichiarata morta ma il corpicino mai ritrovato. Il velo del dubbio colse anche gli occhi di Anselmo.

<<Ma nessun altro articolo ha mai trattato questo argomento o a te risulta?>>

Tommaso scosse il capo.

Ho bisogno di pensare a come possiamo muoverci ora

<<Tornare dalla polizia?>>

Sarebbe inutile... se non volevano riaprire il caso

quando ancora qualcuno se ne interessava figurati adesso quando a chiedere che si riapra è solo il fratello pazzo della bimba scomparsa...

<<Tu non sei pazzo!>> proclamò di getto Anselmo <<Non hai niente che non va>>

Tommaso parve sconcertato e, si sarebbe detto, senza parole.

E' la prima volta che qualcuno mi dice questo...

<<Allora è la prima volta che qualcuno ti dice la verità!>>

Il ragazzo non rispose, ripose l'articolo nel suo zaino e in silenzio preparò la cena. Di tanto in tanto però sorrideva a se stesso.

Cenarono con un pinzimonio di verdure ma nessuno sembrava intenzionato ad andare a riposare.

<<Sai giocare a carte?>> chiese Anselmo prendendone un mazzo.

Certo che si. Non c'è molto che puoi fare in Istituto per passare il tempo

<<Bene, ti sfido a battermi>> scherzò.

Scommettiamo?

<<Non hai denaro, cosa vuoi scommettere?>> Anselmo alzò un sopracciglio divertito.

L'onore?

Scrisse Tommaso con una mano teneva il taccuino, l'altra l'aveva portata al petto mostrando un'espressione buffa.

Anselmo strozzò una risatina:

<<L'onore sia!>>

Giocarono per due ore. Infine fu proprio Tommaso

ad avere la vittoria e gongolandosi di orgoglio e di *onore* andò a infilarsi nel suo pigiama e poi nel sacco a pelo. Mentre si toglieva la maglietta Anselmo osservò come il suo ventre si fosse leggermente gonfiato e anche il suo viso fosse più tondo. In fin dei conti aveva un aspetto più *sano*.

Tommaso bussò due volte a terra per attirare la sua attenzione poi mostrò il taccuino:

Buonanotte

<<Sogni d'oro>> replicò Anselmo con la stessa formula che usava con Gaetano quando era piccino.

Poi si coricò anch'egli, la bocca leggermente incurvata in un sorriso. Quella notte lasciò che Ares dormisse nel letto con lui.

IX

Non fu l'alba a svegliare Anselmo ma l'inconfondibile rumore dei campanelli attaccati al collo delle mucche di Enol. La mattina era ormai inoltrata; Tommaso era già vestito ed era intento ad apparecchiare la tavola per la colazione. Si girò come se avesse avvertito il suo risveglio.

<<Potevi svegliarmi>> affermò Anselmo stirandosi le braccia.

Il ragazzo alzò le spalle poi aprì la porta ad Ares che guaiva seduto davanti ad essa. Mentre osservava il cane correre sul prato di fronte casa Tommaso notò anch'egli le mucche al pascolo e salutò in direzione di Enol e Edmondo. I due ricambiarono il saluto infine entrarono in casa senza aspettare l'invito.

<<Anselmo!>> esclamò Enol <<cosa fai ancora a letto! Vecchio pigro!>>

Anselmo sorrise.

<<Come va?>>

<<Stiamo bene>> rispose Edmondo per entrambi.

<<Pensavamo, se vi andava, di pranzare insieme>>

Anselmo e Tommaso si scambiarono un'occhiata

eloquente prima che lui scrivesse:
Non abbiamo tempo, abbiamo una nuova pista di indagine da seguire ma non sappiamo come muoverci
<<Vuoi renderci partecipi?>> Enol si stava palesemente forzando di apparire gentile con lui e Anselmo apprezzò il cambiamento dell'amico.

Il ragazzo annuì alla domanda poi dopo aver preso l'articolo dallo zaino lo passò ai due.

Edmondo e Enol lessero attentamente e a quel punto la sorpresa aveva colto anche il loro sguardo.

<<Dove avete trovato questo articolo?>> chiese Enol.

<<In biblioteca>> mentì Anselmo.

Non era solito alle bugie ma non aveva voglia di spiegare i motivi per cui conservava tutti quei ritagli di giornale. Tommaso gli puntò addosso uno sguardo interrogativo ma non scrisse altre domande.

<<Castelmezzo ha una biblioteca?!>> rise Edmondo.

Enol gli piazzò una gomitata sul fianco. Poi iniziò a servirsi la colazione senza aspettare il permesso.

<<Edmondo serviti anche tu>> lo invitò cortesemente Anselmo.

Edmondo non si fece ripetere l'invito. Infine tutti e quattro mangiarono insieme anche se la casa era priva di quattro sedie. Anselmo prese posto sulla poltrona mentre Tommaso si sedette sul pavimento. Ares fece ritorno spaventando tutti per il tonfo che la porta fece al suo ingresso poi prese anch'egli posto fra le gambe del padrone attendendo meticolosamente che qualche boccone cadesse in terra.

<<Questo articolo è interessante>> iniziò Edmondo <<mi fa arrabbiare che nessuno sia andato a fondo alla questione>>

<<Tommaso, sei consapevole che potrebbe trattarsi di una falsa pista?>> sottolineò Enol.

Il ragazzo alzò gli occhi dalla sua tazza e non gli sfuggì che Anselmo stesse annuendo all'affermazione dell'amico.

Non credo ma terrò la mente aperta

Era palesemente irritato.

Dopo qualche minuto di silenzio Edmondo proclamò:

<<Voglio aiutarti!>> poi ripensandoci riformulò <<o almeno provarci...>>

Come?

<<Prima della pensione lavoravo a Torino come assistente sociale>>

<<Interessante>> si intromise distratto Anselmo.

Quindi?

Tommaso appariva carico di aspettative.

<<Non posso prometterti niente...>> iniziò Edmondo <<ma se riuscissì a trovare una Sala Internet e ad accedere al server... con un favore di qualche collega... potrei informarmi sui bambini che nel 1984 sono stati affidati a qualche orfanotrofio o a qualche famiglia della zona>>

Tommaso appariva stupefatto e incredulo, balzò in piedi per battere le mani.

<<E' solo un tentativo!>>

Tommaso batteva le mani più forte. Anselmo si portò una mano alla fronte visualizzando l'enorme delusione che avrebbe colto il ragazzo se la ricerca di Edmondo, come sospettava, non avesse portato a risultati. Espose i suoi dubbi al ragazzo che parve non ascoltare.

Accetto il tuo aiuto!

Scrisse infine.

Edmondo rimase qualche istante in silenzio e osservando la reazione di Tommaso si accorse per la prima volta dell'importanza della promessa che aveva appena fatto.

<<Bene>> si alzò e Enol lo imitò <<mi metterò all'opera ma ci vorranno almeno due giorni perché possa fare tutto>>

Va bene!

<<Spero di trovare un collega che mi aiuti ad accedere ai server!>>

Vedrai che lo troverai. GRAZIE

<<Tommaso placa il tuo entusiasmo o la delusione sarà immensa>> sbottò infine Anselmo.

Il ragazzo parve offeso dall'affermazione ma si risedette e prese le sue usuali due pillole mostrandole ad Anselmo in segno di sfida prima di ingoiarle.

<<Allora vi terrò aggiornati!>> Edmondo si toccò il cappello e insieme ad Enol si congedarono.

Anselmo osservò i due allontanarsi parlando e gesticolando animatamente, scommise con se stesso, che quella fu la loro prima litigata dopo cinquant'anni.

<<Abbiamo la giornata libera direi!>> annunciò infine.

Tommaso lo guardò imbronciato e al vecchio scappò una risata che tentò di camuffare. Con le braccia conserte e il labbro incurvato, Tommaso aveva un aspetto infantile, era una versione del ragazzo che non aveva ancora avuto modo di osservare.

<<Non volevo offenderti, scusa>>

Non sono sicuro che sia il caso di interrompere le ricerche...

Tommaso ignorò le sue scuse soffermandosi sulla sua prima affermazione.

Anselmo gli pose una mano sulla spalla e il gesto parve cogliere impreparato il ragazzo:

<<Queste ricerche non condurrano più a niente, hai cercato ovunque e non hai trovato nulla! Sono passati troppi anni! Vorrei che tu ti rilassassi soprattutto dopo l'aiuto che ti ha offerto Edmondo...>> tentò il vecchio.

Anselmo aveva passato parte della notte insonne, si era pentito di avere mostrato il ritaglio di giornale al ragazzo. Durante la notte infatti aveva avuto modo di ragionare sugli ultimi giorni che aveva trascorso. Si era gettato a capofitto nelle ricerche della piccola Elettra ma l'unica spinta a farlo era stato il dolore di Tommaso che aveva colto e aveva desiderato alleviare. Non aveva mai creduto però che in qualche modo si potesse ritrovare un indizio che risolvesse il mistero della scomparsa della piccina. Con l'articolo della sera precedente aveva palesemente dato una nuova speranza al ragazzo; speranza che invece di alleviare il suo dolore lo poteva accentuare se faceva in modo che le sue ricerche non avessero fine.

Tommaso parve quasi in grado di leggere nei suoi pensieri; era rosso di rabbia mentre stringendo la penna scriveva:

Tu non credi che le mie ricerche possano essere utili a qualcosa ma non credi neanche che Edmondo possa aiutarmi davvero!

Gli occhi di Tommaso si riempirono all'istante di lacrime.

<<Sono fiducioso nella ricerca di Edmondo>> Anselmo tentò di assumere un tono convincente <<vorrei solo che ragionassi perché la delusione sarà tanta se non troverai nulla>>

Non ho bisogno che tu mi dica cosa devo fare. Tu non sei mio padre e io non sono Gaetano! Non devi spezzare anche i miei di sogni!

Anselmo quasi cadde in terra, l'affermazione del ragazzo lo aveva colto totalmente di sorpresa. Strappò di mano il taccuino a Tommaso e lo lanciò nel camino dove il fuoco che li aveva riscaldati la notte stava morendo. Il ragazzo parve turbato dal gesto. Poi carico di rabbia raccolse il suo zaino e uscì sbattendosi la porta alle spalle. Ares si parò d'istinto davanti al suo padrone con fare protettivo abbaiando verso la porta ormai chiusa. Anselmo accarezzò il muso del cane e si lasciò cadere sulla poltrona liberando un lungo pianto.

Si alzò per sparecchiare, ormai era passata un'ora. Ripensava a suo figlio, ai pomeriggi passati a ridere insieme e a quelli passati a imprecare; da quelli passati a festeggiare un nuovo progetto alle volte che aveva urlato nella sua direzione di rinunciare. Infine non aveva solo distrutto il rapporto con Gaetano ma si era anche sbagliato, all'epoca, perché tutti i fallimenti del figlio si erano rivelati in qualche modo utili. Era infatti a conoscenza del fatto che fosse diventato un'importante figura di una prestigiosa agenzia di Agrigento.

Si era forse sbagliato anche con Tommaso? Lo stomaco si contorse appena quando la preoccupazione velò la sua mente: dove si era diretto? Poi però un velo di rabbia lo offuscò: aveva forse meritato un tal trattamento dopo tutto il sostegno che aveva cercato di offrirgli?

Era stata la prima volta in cui aveva espresso un dubbio per le sue azioni e aveva ricevuto in cambio la più grande delle offese che potesse rivolgergli.

Mentre la testa gli ronzava lo sguardo gli cadde sul taccuino, che aveva gettato nel camino. I lembi superiori erano stati bruciati dal carbone ardente ma il fuoco era troppo debole perché completasse il suo lavoro. Lo raccolse e dopo averci sbattuto sopra uno straccio spense del tutto le scintille di fuoco sulle pagine.

La curiosità lo spinse a sfogliarlo e si ritrovò di fronte a tutte le affermazioni che Tommaso aveva scritto prima del suo arrivo. Alcune attirarono la sua attenzione, più di altre:

Voglio solo prendere un autobus!
Non sono pazzo

Non ho soldi con me, lo giuro

Sei carina
Non volevo provarci, solo farti un complimento
Perché nessuno dovrebbe volere uscire con me?

Non ho ricevuto un pugno ho solo sbattuto contro lo stipite di una porta
Sei libero di non crederci... Mi dai un passaggio quindi? Devo raggiungere Castelmezzo
Grazie. Sei il più gentile che ho conosciuto nel mio viaggio ma voglio che capisca che non ho soldi per ripagarti...
Grazie molte

Anselmo sfogliò ancora altre pagine. Era come immergersi in un diario che conteneva le sue esperienze di vita. Anche se non appariva corretto leggerle era difficile smettere di leggere, una volta iniziato.

Infine ritrovò alcuni pensieri che Tommaso aveva scritto, come un diario. Si soffermò solo su quelli più recenti:

7 aprile:
E' notte fonda ormai. Sono finalmente arrivato nel luogo dove ho perso Elettra. Rivedere il lago mi mette i brividi. Stare qui mi mette l'ansia. C'è una piccola casa qui, non ricordavo della sua esistenza. Ho finito

per spaventare un vecchio... per fortuna non mi ha sbattuto fuori casa anche se c'è andato vicino. Non ha neanche chiamato la polizia. Si chiama Anselmo, è parso più gentile di quanto pensassi, deve sentirsi solo. Non c'è altra spiegazione perché mi abbia accolto. In fin dei conti mi va bene, almeno ho una poltrona su cui riposare. Sono così stanco.

8 aprile:
Oggi iniziano le mie ricerche. Quanto vorrei potere riabbracciare Elettra. La mia ansia è più forte che mai. Per fortuna dall'Istituto ho portato alcune pillole, spero mi aiuteranno a restare calmo. E' difficile stare tranquillo quando in ballo c'è così tanto. Ti voglio bene Elettra, per sempre.
Anselmo si è offerto di aiutarmi nelle ricerche. Non capisco perché mi aiuti, nessuno aiuta un estraneo. Non so se sia il caso di sospettare che abbia una finalità oscura oppure che sia solo una persona gentile. A me sembra un vecchino per bene, sono contento che qualcuno mi aiuti. Nessuno mi ha mai aiutato. Da quando Elettra non c'è più mi sono sempre sentito così solo...

9 aprile:
Continuiamo a non trovare nulla. Contuiamo a non trovarti, sorellina mia. Mi manchi ogni giorno, ti prometto che non mi arrenderò. Ti voglio bene, per sempre.
Anselmo è una persona divertente e disponibile mi sento fortunato ad avere il suo aiuto ma sono sicuro

che non durerà, le fortune della vita non durano mai a lungo. Ho sempre paura che prima o poi questa bolla in cui mi trovo finisca, intanto mi godo l'aiuto e la compagnia. Anselmo ha anche un cane, si chiama Ares. Ha il pelo rossiccio e credo che non appartenga a una razza precisa, è un amore di cane. Se chiudo gli occhi posso fingere di essere a casa mia e che tutto vada bene. Manchi solo tu, ma posso sempre immaginarti al mio fianco. Spero solo di trovarti, sorella mia. Ho bisogno di trovarti.

Il resto dei pensieri non riportava date e apparivano in ordine caotico, alcuni nella stessa pagina:

Oggi mi sento tranquillo. E' una sensazione strana. Sento che non durerà per sempre, le cose belle ti vengono strappate via. Oggi non ho preso le mie medicine, non mi capitava da tempo. Forse un giorno potrò non averne bisogno.

Anche oggi non ho preso le mie medicine. Nei momenti in cui mi sento tranquillo mi sento terribilmente in colpa. Come posso permettermi di essere tranquillo dopo quello che ho fatto? Dopo avere perso mia sorella? Merito la tranquillità?

Non ho mai conosciuto la gioia di avere un cane ma Ares è un amore di cucciolo vorrei solo si fidasse di più di me, forse un giorno...
Il pensiero seguiva un ritratto di Ares fedele all'originale.

Sento che mi sto affezionando a questo vecchietto e la cosa mi spaventa. Volere bene a qualcuno è una debolezza, esporre il proprio cuore è una debolezza e io non sono pronto a deludermi. Un giorno sento che Anselmo si risveglierà e non vorrà più la mia compagnia, in fin dei conti io per lui non sono nulla e non ha mai avuto ospiti all'infuori di me.

Anselmo mi ha confidato la storia di suo figlio. Se avessi saputo parlare avrei potuto rivolgergli parole di conforto ma sono solo un buono a nulla. In fondo me lo hanno sempre detto. Avrà pensato che lo giudicassi. Io penso che l'amore che provi per suo figlio io non lo abbia mai conosciuto da parte dei miei genitori. Avrei voluto così tanto che mio padre mi amasse come lui ama suo figlio. Ad un tratto sono stato geloso, penso che un parte di me desideri che Anselmo voglia bene anche a me. Mi vergogno così tanto, sono sicuro che per lui sono un estraneo. Ho preso le mie medicine, il pensiero è andato via.

A quel punto Anselmo chiuse di getto il taccuino, lo lanciò sul tavolino e lasciandosi cadere sulla poltrona fissò le ultime ceneri infuocate del camino con gli occhi brillanti di lacrime. Leggere quel diario era stato come un viaggio nella mente di Tommaso, ne aveva colto una sola parte ma già sentiva i sensi di colpa rodergli lo stomaco. Era stato ingiusto da parte sua leggere quelle parole, in fin dei conti se Tommaso non gliele aveva mostrate una motivazione ci deve essere stata. Si chiese se il suo gesto non equivalesse a ritrovarsi di fronte a qualcuno che gli leggesse il pensiero. In fondo non tutti i pensieri decidiamo di esprimerli; in fondo anche lui non aveva espresso neanche a se stesso il bene, che sentiva crescere in lui, nei confronti di Tommaso.

Si sentì grato e anche immeritevole delle belle parole che il ragazzo gli aveva rivolto nelle sue pagine. Tommaso appariva così fragile alla luce delle parole che invece dedicava a se stesso.

Una preoccupazione poi si impossessò all'istante di Anselmo:

<<Dove sei andato?>> sussurrò al vuoto della stanza.

Ares si girò ad osservarlo. Anselmo sentì l'ansia stringersi al suo collo come un boa affamato. Guardò l'orologio: erano passate tre ore da quando il ragazzo si era sbattuto la porta alle spalle. Era sicuro non si fosse diretto verso il sentiero roccioso perché aveva lanciato uno sguardo alla finestra e non lo aveva visto imboccare quella strada. Accarezzò Ares con fare nervoso; il gesto meccanico ripetuto per venti minuti ebbe l'effetto di rilassarlo. Quando la maggiore calma raggiunse la sua mente ragionò sul fatto che fosse impossibile che Tommaso avesse lasciato Castelmezzo, la speranza che Edmondo potesse offrirgli buone notizie nei successivi due giorni doveva averlo costretto a rimanere nella zona.

Per cui rincuorato, recuperò taccuino e chiavi del pick – up e dopo aver fatto un fischio al cane uscì di casa. Aprì la portiera del passeggero ad Ares e prese a guidare verso il paese. La strada appariva lunga come un tunnel le cui pareti erano fatte di rammarico e delusione. Si sentiva deluso per essere ricaduto nei vecchi errori tentando di spezzare anche le speranze di un ragazzino che di colpe non ne aveva avute se non, forse, di avere chiesto aiuto alla persona sbagliata. Nel suo taccuino non aveva letto neanche l'ombra di un pensiero negativo nei suoi confronti quando Tommaso, per se stesso, non avrebbe trovato neanche una parola positiva per descriversi. La cosa lo sconcertò nel profondo. All'imbocco della strada principale di Castelmezzo tentò di liberare la testa per concentrarsi sull'ambiente che lo circondava, strabuzzando gli occhi. Dopo qualche minuto inchiodò di fronte a un tabaccaio. Qualcuno che passeggiava sul marciapiede lo guardò torvo, giudicando male la sua brusca manovra. Parcheggiò e si affacciò alla vetrina del tabacciaio dove un quadernino di pelle marrone scuro aveva attirato la sua attenzione.

<<Arrivo subito>> fece nella direzione di Ares battendo due dita sul finestrino.

Wof!

Fece di rimando il cane come a rispondere alla sua affermazione.

Acquistò di fretta il quadernino, lo avrebbe dato a Tommaso come segno di scuse per avere distrutto il suo. Fece per mettere in moto il pick – up ancora sorpreso da come il tabaccaio non lo avesse riconosciuto quando invece era ben quindici anni che Anselmo abitava in quella zona. Era proprio vero che usciva troppo poco dalla sua casa, un giorno forse avrebbe condiviso questa sua nuova consapevolezza con Marco Quattrovalli. Quel giorno, pensò Anselmo, Marco avrebbe saltato di gioia come una capra impazzita pensando di averlo *guarito* dalla solitudine.

Castelmezzo era veramente un paesino minuscolo, in macchina era quasi ridicolo da percorrere. Le strade erano strette e dopo mezz'ora aveva percorso tutte quelle principali e non. Solo i vicoli, non a portata del suo pick – up, non erano stati oggetto delle sue ricerche. Per cui lui e Ares scesero dall'auto e inziarono a perlustrare alcune delle zone più tristi e solitarie di Castelmezzo, per come fosse difficile trovare un piccolo quartiere che non lo fosse. A quel punto però erano passate quasi sei ore da quando aveva visto l'ultima volta Tommaso. Proprio quando stava per arrendersi alla stanchezza delle sue vecchie ginocchia e stava dirigendosi verso il pick – up, lanciando un'occhiata a un piccolo sottopassaggio notò una nera testa brizzoluta.

<<Tommaso?>> chiamò.

Il ragazzo si girò sopreso udendo il suo nome poi rivolse uno sguardo indecifrabile nella direzione del vecchio. Ares gli corse incontro frenandosi poi con fare incerto ricordando forse la sua piccola sfuriata di qualche ora prima. Tommaso lasciò che il cane gli annusasse la mano con fare rassicurante prima di prendere ad accarezzarlo.

<<Tommaso?>> chiamò ancora Anselmo.

A quel punto il ragazzo tornò a guardare verso la sua direzione e poi tastandosi le tasche tirò fuori un taccuino immaginario in cui iniziò a scrivere con fare ironico. Poi *mostrò* il tutto ad Anselmo. La scena avrebbe avuto un che di comico in un contesto in cui non fosse velata di rancore.

Anselmo tirò fuori, dal sottobraccio in cui lo stringeva, il nuovo quadernino che aveva acquistato.

<<Per te>> disse soltanto.

Lo allungò verso Tommaso che lo guardò con aria volutamente disinteressata mentre però annusava l'odore della vera pelle che ne faceva da copertina.

Non avresti dovuto leggere il mio taccuino

Scrisse.

<<Io! *Bhe...*>> il vecchio arrossì non aveva immaginato fino a quel momento che lui potesse intuire la sua invadenza.

Non si stupì della deduzione di Tommaso, era molto intelligente; in più un forte osservatore come lui raramente deduceva qualcosa di sbagliato.

<<Scusa>> confermò <<non avrei dovuto>>

Fissò a terra ma Tommaso aveva puntato i suoi neri occhi su di lui con fare interessato e partecipe. Sedeva su un pezzo di cartone e stringeva a sé il suo zaino come a volersi fare calore.

<<Scusa>> incalzò <<se ti ho offeso prima, a casa, non era mia intenzione. Deludo sempre le persone a cui *tengo*...>>

Proncunciare l'ultima parola per Anselmo fu come lanciare una grossa pietra giù dalla cima di una montagna. Una grande fatica da cui non ti puoi più trarre indietro, la pietra arriverà a valle che tu lo voglia o meno. Ammettere di tenere a qualcuno porta con sé la consapevolezza che da quel momento sei vulnerabile all'amore da una parte, alla delusione dall'altra.

Tommaso che aveva colto il suo disagio e la fatica con cui aveva espresso quel semplice concetto, lasciò cadere il muro di rancore che stava costruendo attorno a sé.

Non sei tu a doverti scusare. Sono una persona ignobile perché ho usato la tua debolezza per ferirti... in Istituto era spesso l'unica arma che avevi contro la cattiveria di alcuni dei ragazzi ricoverati ma fuori da quel contesto solo una persona orribile come me ti ferirebbe come ho fatto.

<<Ehi!>> Anselmo si avvicinò e posandogli una mano sulla spalla lo rimproverò <<smettila di usare sempre termini dispreggiativi per descriverti! Tu sei un bravo ragazzo, onesto, intelligente e leale!>>

Poi strappò la prima pagina del nuovo quadernino in cui Tommaso aveva scritto lasciando il ragazzo genuinamente perplesso.

<<Ora ricominci da capo un nuovo quaderno e un nuovo modo di pensare in cui non userai più parole

per buttarti giù!>>

Io non merito il tuo aiuto, ho usato Gaetano per ferirti sapendo quanto ti avrebbe fatto male... perché sono così. Sono un buon a nulla. Ma tu tornatene pure a casa io aspetterò notizie di Edmondo da qui. Mi merito di stare qui.

Anselmo lesse con crescente rabbia le parole di Tommaso e osservò con cura il giaciglio in cui pensava di dovere rimanere due o più giorni: un pezzo di cartone semi bagnato, in un sottopassaggio umido e con un odore pungente di urina che impregnava l'aria. Per cui strappò la pagina e ripetette:

<<Ora ricominci un nuovo quaderno in cui non avrai parole negative nei tuoi confronti>> il suo tono appariva deciso <<è vero, mi hai ferito ma non avresti potuto farlo se non sapessi che a mia volta ho ferito Gaetano con i miei errori e che non ho mai avuto il coraggio di farmi rivedere in faccia da lui!>>

Tommaso non scrisse niente, Anselmo intuì che non aveva parola gentili nei suoi stessi confronti e sorrise al tentativo del ragazzo.

<<Ora andiamo?>>

Il ragazzo scosse la testa e Anselmo gli tese la mano insistente.

<<Non lascerò che tu passi un solo minuto in più in strada!>>

Tommaso scosse di nuovo la testa.

<<Bene. Vorrà dire che anche io e Ares resteremo qui con te>> disse questo con convinzione mentre

lentamente fece per sedersi. Il suo movimento, visto dall'esterno, appariva a rallentatore perché era difficile per lui, a cui dolevano le anche, chinarsi fino al suolo e impiegava del tempo per farlo. Per cui Tommaso balzò in piedi inorridito, forse, alla vista di quel povero vecchietto che pur di averla vinta si sarebbe seduto in quel fetido vicolo. Tommaso fece il segno dell'*ok* con la mano prima di abbracciare Anselmo. Fu un abbraccio caldo ma breve fatto di parole dette solo col cuore. Poi infilò le mani nelle maniche della sua maglia, raccolse lo zaino e stringendo a sè il nuovo quaderno seguì Anselmo e Ares verso il pick – up non senza aver scritto sul taccuino:

Grazie

Fece per mostrarlo ad Anselmo ma poi lo tenne per sé mentre il suo cuore si riparava al caldo di una sensazione che non conosceva da tempo.

X

Sul pick – up Tommaso trovò sul cruscotto il suo vecchio taccuino. Lo ripose nello zaino senza prestargli troppa attenzione, sembrava avere preso già sul serio l'impegno che gli aveva chiesto di avere Anselmo: di iniziare un nuovo quaderno dove rivolgeva a se stesso solo parole positive.
Siccome il pick – up aveva solo due posti a sedere Ares dovette stringere il suo sedere peloso per poter accucciarsi ai piedi di Tommaso.
Erano in strada da cinque minuti quando Anselmo sbottò dal nulla e, abbassando il finestrino, esclamò:
<<Non so chi puzza di più fra te e Ares!>>
Tommaso ridacchiò mentre accarezzava il cane dietro le orecchie. Anselmo incalzò:
<<Questa… sì, è proprio di puzza di *urina*!>>
Il ragazzo apparve disgustato e si annusò i vestiti con una smorfia.
<<Chissà su cosa vi siete seduti in quel vicolo>> continuò <<è così che ci si ammala! A non usare la testa e a sedersi sulla pipì altrui! Chissà quale gentaglia cammina per quelle strade>>

Tommaso gli diede una leggera spinta e Anselmo si girò un secondo a guardarlo, aveva lo sguardo divertito e orripilato allo stesso tempo.

<<Mi state sporcando tutto il pick – up. Puzzoni!>> Anselmo si accese una sigaretta. Se ne concedeva pochissime al mese. Il fumo riempì l'aria circostante.

Infine arrivarono alla vista della piccola casa sul lago, fra le imprecazioni di Anselmo e le risa di Tommaso.

Parcheggiò davanti a casa e, quando Ares e il ragazzò saltarono giù, esclamò:

<<Non penserete di entrare così in casa!>> i due si irrigidirono di istinto.

Il cane inclinò la testa di lato, fino a quel momento non aveva intuito che il suo padrone stesse parlando anche con lui. Prese allora a leccarsi le zampe, il suo padrone gli aveva insegnato a non entrare in casa sporco di fango e pensò che gli avesse lanciato quel comando. Tommaso osservò la scena e imitò scherzosamente Ares leccandosi la mano un paio di volte.

Anselmo si portò una mano alla fronte divertito.

<<Vieni>> fece infine in direzione del ragazzo <<aiutami a dare una ripulita ad Ares>>

Tommaso sorpreso dalla richiesta si affrettò a lasciare il suo quadernino e lo zaino di fronte all'ingresso e seguì Anselmo e Ares dietro la casa. Lì, dentro un secchio, vi erano dei prodotti per la pulizia del cane. Aiutò a srotolare una pompa e dopo avere aperto l'acqua la puntò verso Ares.

Il cane fece un balzò indietro nel tentativo di schivare il getto d'acqua. Venne fermato di scatto da Anselmo che quasi non perse l'equilibrio.

<<Ehi! Tienilo! Tienilo tu!>>

Tommaso fece subito come gli era stato detto. Ma Ares appariva molto più forte di quanto avesse mai immaginato e con molta fatica e concentrazione riusciva a tenerlo al suo posto. Anche se non era il tipo di cane che avrebbe mai morso, Ares non ci pensava due volte a lanciare zampate per cercare di liberarsi dalla stretta.

Anselmo si mise in mano una grande quantità di shampoo per cani.

<<E' molto forte. Non farlo scappare via. Puzza troppo per poter tornare a casa conciato così>>

Anselmo aveva negli occhi un'aria di sfida, chissà quante volte lui e Ares si erano *lanciati* in quel duello. Tommaso sorrise, e i suoi denti apparivano in mostra anche quando, per poter sciacquare il cane e dovendo tenerlo fermo al suo posto, anche lui venne colpito dal getto d'acqua e alla fine del bagnetto Ares e lui si guardarono negli occhi per capire chi dei due era più bagnato. Infine il cane scosse diverse volte il suo pelo per liberarsi dall'acqua che finì tutta su Tommaso. Il ragazzo rise di gusto e con sguardo ancora gioioso entrò in casa al seguito di Anselmo e Ares. Lasciò i due al caldo di un fuoco appena acceso nel camino per andare a farsi una doccia e quando tornò prese posto al loro fianco.

Si cena?

Chiese infine.

<<Di cosa hai voglia?>>

Se non hai troppa fame e hai voglia di aspettare posso impastare una pizza. Sono anni che non provo a farla!

<<Volentieri!>> Anselmo si portò una mano allo stomaco accarezzandosi il ventre <<non si dice mai di *no* a una buona pizza!>>

Non so dirti se sarà buona ma ci provo!

Tommaso si alzò le maniche, si sciacquò le mani e si mise subito all'opera. Mescolò farina, acqua, sale, lievito, olio e un goccio di latte: lo definì il suo ingrediente segreto. Prese molto seriamente il compito di impastare; la fronte e le sopracciglia apparivano corrugate, gli occhi concentrati e i polsi dolenti. Alla fine pose l'impasto sul tavolino che avvicinò al fuoco in modo che il calore potesse favorire la lievitazione. Nel frattempo Anselmo aveva tirato fuori le vecchie carte da gioco:

<<Non si dice di *no* neanche a una sfida!>>

Tommaso sorrise e si sedette a terra di fronte alla poltrona di Anselmo. Essendo il tavolino occupato dall'impasto e dagli ingredienti, il banco di gioco era il pavimento. Tommaso vinse la prima partita, Anselmo le seguenti due. Poi il vecchio si alzò per affettare del formaggio.

<<Questo lo possiamo mettere sulla pizza>> pose di lato una porzione <<questo allieterà l'attesa>>

Porse a Tommaso qualche pezzo di formaggio e ricominciarono a giocare. Quando si furono stufati, Anselmo aveva accumulato un'altra sconfitta.

<<Devo ricordarmi di non giocare più con te>>

Tommaso rise a quell'affermazione così spontanea e si inchinò in un gesto plateale per indicare quanto andasse fiero della sua vittoria. Anselmo conservava in un portadocumenti ai piedi del letto alcuni giornali contenenti cruciverba che si divertirono a risolvere per la seguente ora. Anselmo leggeva gli enigmi e Tommaso tentava la risposta scrivendola su un pezzo di carta, se i due erano d'accordo alla fine trascrivevano la parola sul giornale. Alla fine riuscirono a completare del tutto soltanto uno dei cruciverba poi vennero distratti dal brontolare dei loro stomaci.

<<Direi che è lievitato abbastanza l'impasto!>>

Tommaso annuì con vigore. Stese la pizza su una teglia e la condì con della passata di pomodoro, del basilico e del formaggio. Poi la mise di fianco al fuoco e presto fu cotta alla perfezione. La gustarono in un silenzio fatto di golosità e quando le pance furiono piene non poterono che convenire che quel pasto era stato ottimo.

<<Hai un futuro come pizzaiolo>>

Mi pare esagerato

Lo scrisse senza però smettere di ridere.

<<Dico sul serio. In poco tempo e con pochi mezzi hai creato una *super* pizza! Avessi io la tua età troverei il coraggio di osare!>>

Tommaso alzò un sopracciglio, nella sua mente passarono tutte le volte in cui Anselmo aveva dimostrato di essere un estremo sostenitore del non – rischiare, dei piani certi e dei sentieri sicuri.

Non disse nulla, però, perché sapeva anche come fosse facile porgere un consiglio agli altri ma come invece fosse quasi impossibile porlo a se stessi o ad alcune persone a cui tieni particolarmente. Tommaso stesso non sentiva di essere mai riuscito ad armarsi di coraggio. L'unica volta in cui era scappato dal sentiero che altri gli avevano imposto era stato quando era fuggito dall'Istituto pochi giorni prima e quel gesto lo aveva inondato di dubbi e di ansie. Prima di riuscire a prendere un treno che lo portasse fuori Milano aveva imboccato una strada che lo portasse indietro all'Istituto per ben due volte e si era fermato di fronte a una cabina telefonica una volta digitando il numero di telefono dei genitori pur sapendo che non sarebbe stato in grado di parlare o che, comunque, probabilmente avrebbe fatto solo che un piacere ai suoi genitori a sparire. O almeno questo era ciò che aveva sempre creduto.

Sparecchiarono e ripulirono i piatti mentre fuori la sera lasciava spazio alla notte e le palpebre dei due pendevano alla ricerca del sonno. Si coricarono e augurarono di dormire bene. Anselmo si coprì con le coperte fino alle orecchie. Tommaso si coricò nel suo sacco a pelo meravigliandosi di come Ares decise di accucciarsi al suo fianco. Allungò il braccio per stringere il cane a sé e cullato dal calore del suo pelo e dal ritmo del suo respiro ebbe appena il tempo di chiudere gli occhi prima di crollare in un sonno profondo dove non vi era spazio per pensieri disturbanti e la notte, per la prima volta dopo tanto tempo, apparve un'amica.

XI

La mattina dopo non ebbero fretta di alzarsi. Quando lo fecero Tommaso apparve entusiasta, attendeva notizie da Edmondo e si affaciava di tanto in tanto alla finestra nella speranza di vederlo arrivare con buone nuove. Fecero colazione con fette biscottate e marmellata all'albicocca della famiglia Quattrovalli. La vecchia pazienza di Anselmo iniziava già a cedere alla vista del ragazzo che trottava per la casa incapace di trattenere l'emozione dell'attesa per cui si arrovellò la mente alla ricerca di qualche attività che avrebbe potuto tenere occupato un ragazzo di diciannove anni. Nel far questo il suo sguardo si posò sul vestiario di Tommaso. Indossava un altro paio di pantaloni che gli aveva dato lui che gli calzavano corti e la maglia ormai consunta con cui era arrivato e che aveva ripulito.

<<Hai bisogno di nuovi vestiti!>> sbottò.

Tommaso si fermò e d'istinto calò lo sguardo su se stesso finendo per annuire. Poi alzò lo sguardo su Anselmo e scrollò le spalle.

Questi ho

Scrisse soltanto.

<<Bene, quindi andremo a comprarne di nuovi!>> esclamò il vecchio alzandosi con calma ma con fare deciso.

Si diresse verso il letto e alzando il materasso prese qualche banconota e la ripose nel portafogli.

Tommaso si affrettò ad alzare anche egli il materasso poi, dopo essersi reso conto di quanti soldi Anselmo conservasse sotto esso, lo guardò meravigliato e confuso al tempo stesso:

Non mi pare un posto sicuro in cui tenerli

<<Meglio che in banca! Questo mondo è pieno di ladri, ricorda!>>

Tommaso apparve confuso ma non replicò all'affermazione.

Non voglio tu mi paghi altro, sono già un peso per te.

Anselmo lesse quanto detto prima di mimare con le mani il gesto di strappargli il foglio. Prese una felpa dall'appendiabiti e ne lanciò una a Tommaso.

E se Edmondo viene e non ci trova?

<<Ha detto due giorni.>>

Magari riesce ad avere delle informazioni prima del tempo

<<In quel caso le sapremo quando ritorneremo>>

Tommaso iniziò a ruotare su se stesso.

<<Non agitarti! Non c'è nulla di cui preoccuparsi>>

Ma dove andremo?

<<I negozi più belli si trovano a Trento. A un'ora da qui>>

Tommaso impallidì

<<Cosa ti prende?>>

Non ricordo quanti anni sono che non entro in un negozio per fare compere

<<Anche io non ho avuto molto modo di girovagare negli ultimi anni e quindi? Continuiamo a rimanere bloccati in questo buco di casa o ci diamo una mossa?>> detto questo uscì di casa con Ares e insieme salirono sul pick – up dove pochi istanti dopo diede suono al clackson.

Tommaso rimasto immobile all'ingresso fino a quel momento rinvenne come avesse preso una scossa e si affrettò a raggiungere i due sul pick – up. Questa volta fu lui a stringersi per fare in modo che Ares fosse più comodo. Anselmo si concesse un'altra sigaretta anche se non era passato molto dall'ultima, erano mesi che non si dirigeva fuori Castelmezzo.

Il pick – up gemette quando Anselmo oltrepassò il cartello che riportava la scritta "Arrivederci da Castelmezzo. Torna presto a trovarci" e quasi non gli venne da ridere. Rivolse un brutto gesto al Paese e abbassò il finestrino affinché potesse respirare un'aria che gli appariva già più leggera. Non si imbatterono nel traffico per cui impiegarono un'ora esatta ad arrivare. Tommaso aveva il viso quasi appiccicato al finestrino e si guardava intorno meravigliato dai paesaggi che non aveva mai visto. La città di Trento appariva già più affollata rispetto alla strada che vi ci conduceva. Vi si potevano notare gruppi di turisti allegri e residenti imbronciati. Le strade, i palazzi e le chiese avevano una cura e una pulizia che Castelmezzo poteva solo invidiare laddove, poi, l'unica Chiesa del posto aveva chiuso i battenti quando Enol era un ragazzo e mai più prete aveva messo piede in quel paesino. Anselmo trovò dove parcheggiare. Ares balzò giù contento di potersi sgranchire le zampe e trovare un posticino dove fare i suoi bisogni mentre Anselmo e Tommaso si godevano la vista del fiume che attraversava la città e delle montagne che si stagliavano sullo sfondo di essa.

Che bel posto!

Scrisse Tommaso allegro. L'ansia non pareva averlo abbandonato ma perlomeno veniva distratto dalla curiosità e dalla scoperta di nuovi posti.

Camminarono a passo lento godendosi la passeggiata e ad Anselmo non passarono inosservati i lunghi sguardi che Tommaso rivolgeva a qualche ragazza carina che gli passava di fianco. Non si dovette neanche chiedere se avesse mai avuto l'occasione di viversi un primo appuntamento perché la logica suggeriva che la sua non era stata un'adolescenza come le altre e che di tante prime esperienze era stato costretto a privarsi. Anselmo gli aggiustò il riccio ciuffo sulla fronte in modo che fosse più presentabile e si affrettò ad entrare nel primo negozio.

<<Buongiorno, posso esservi di aiuto?>> li accolse una giovane commessa.

<<Diamo una curiosata>> replicò cortese Anselmo.

La commessa annuì e tornò ad occuparsi di altro.

<<Guardati pure intorno e provati quello che ti piace>> Anselmo si rivolse a Tommaso che si guardava intorno timido e impacciato.

Osservò qualche capo e quando si imbattè in una camicia che gli piaceva si incupì alla vista del prezzo.

<<Non badare ai soldi>> lo rimproverò Anselmo <<vai nel camerino e provala!>>

Tommaso lo guardò qualche istante incerto se dargli retta o no. Non voleva approfittarsi di lui ma non voleva tirare fuori il taccuino per opporsi alla sua richiesta. Anselmo immaginava che lo intimidisse un po' scrivere in pubblico invece di parlare. Indossò la camicia che gli calzava a pennello, era di un blu elettrico con una fantasia e si abbinava alla perfezione al nero intenso dei suoi capelli. La commessa gli rivolse un sorriso e Tommaso arrossì all'istante. Comprarono la camicia ed entrarono in altri negozi. Ares era sempre al loro fianco ubbidiente, dovette aspettare all'esterno solo in due occasioni in cui i commessi si opposero all'ingresso del cane nella loro boutique. Comperarono altri jeans e magliette per Tommaso. Anche Anselmo infine cedette e comperò per se stesso nuovi indumenti e si meravigliò di come alla fine degli acquisti si sentisse carico di compiacimento.

Gli stomaci dei due brontolavano da un pezzo quando Anselmo si decise a dire:

<<Andiamo a pranzo?>>

Wof!

Si affrettò a dire Ares. Tommaso annuì. Erano quasi le 14:00 e l'aria si stava scaldando in città. Camminarono per una decina di minuti prima che un ristorante potesse attirare la loro attenzione. Si sedettero nei tavolini esterni, dove Ares non poteva infastidire la clientela che già aveva storto il naso al loro arrivo.

<<Buongiorno. Vi lascio il menù>> fece cordiale un commesso non senza aver lanciato uno sguardo torvo ad Ares che lo guardava seduto ai piedi del padrone con la lingua di fuori.

<<Di cosa hai voglia?>> Anselmo si rivolse a Tommaso mentre dava una veloce lettura al menù. Tommaso indicò una voce sul menù per cui ordinarono un hamburger con patatine per lui e per Anselmo un piatto di pasta all'Amatriciana mentre per Ares della carne. Da bere Anselmo ordinò due birre Peroni. Il cibo era abbondante e arrivò in fretta. A servirli fu una commessa diversa da quello che li aveva accolti e che si dimostrò più gentile nei confronti di Ares. Gustarono in silenzio il cibo ma quando a Tommaso venne sete osservò confuso la birra sul tavolo.

<<Cosa c'è?>> lo guardò divertito Anselmo.

Tommaso si decise allora a tirare fuori dal suo zainetto il suo quadernino in cui scrisse:

Non ho mai bevuto una birra

Anselmo inorridì all'istante, lui andava matto per la birra Peroni per cui gli ordinò:

<<Allora fallo subito!>>

Tommaso sorrise alla vista della sua reazione e si

portò la birra alla bocca con lentezza e incertezza. Annusò il contenuto poi si bagnò le labbra con una piccola parte del liquido all'interno. Se le leccò e dopo aver riflettuto a lungo si portò di nuovo la bottiglia alla bocca e bevve lunghe sorsate.

<<Vacci piano!>> Anselmo scoppiò a ridere di gusto.

Tommaso non gli diede retta e bevve la sua birra quasi d'un fiato. Presto fu tempo di alzarsi e quasi non inciampò sui suoi stessi piedi. Per chi alcol non ne beve mai, una birra è sufficiente a donarti una certa ebrezza per cui il ragazzo dovette reggersi ad Anselmo, che non riusciva a smettere di ridere, per poter continuare a camminare. Pagarono il conto e si allontanarono dal ristorante mentre i commessi alzavano gli occhi al cielo. Tornarono al pick – up dove poterono posare le buste contenenti i loro acquisti poi salirono su di esso e misero in moto intenti a tornare a casa. Tommaso si gettò sul sedile con le mani che reggevano la sua testa ma non fecero in tempo ad uscire dalla città che iniziò a picchiettare sul finestrino, eccitato. Anselmo si fermò confuso ma guardando verso il punto che indicava gli occhi gli si illuminarono. Lasciò comunque a Tommaso il tempo di scrivere:

Cos'è quel posto? Una sala giochi, vero???

Anselmo lo guardò e sorrise. Parcheggiò e disse:

<<Siamo già qui, entriamo>>

Tommaso battè le mani entusiasta e corse dentro.

Avevo dieci anni l'ultima volta che sono entrato in

una sala giochi.
I suoi occhi erano fuori dalle orbite nel catturare le meraviglie che lo circondavano. Questa volta chiese ad Anselmo del denaro senza fare troppi complimenti e provò ogni singolo gioco della stanza lasciandosi trasportare dall'atmosfera, dalle risa degli altri ragazzi e dalle luci blu e rosse del posto. Giocò a Pole Position, Mario Bros, Final Fight, Tetris, Space Invaders, Pac Man, Dig Dug, Donkey Kong e Flipper e perse ad ognuno di essi. Quando uscirono era già sera e la gioia negli occhi di Tommaso era incontenibile. I tre salirono sul pick – up, Ares e Tommaso si addormentarono lungo la strada del ritorno e quando dopo un'oretta Anselmo parcheggiò l'auto davanti alla sua casina e svegliò i due, sentì che quel giorno la sua vita l'aveva *vissuta* per davvero.
Tommaso scese e si fiondò sul suo sacco a pelo addormentandosi così come era vestito. Aveva spizzicato dei pop corn in sala giochi per cui Anselmo non si prese neanche la briga di chiedergli se avesse fame. Gli tolse le scarpe e lo lasciò dormire. Per sé mise nel piatto qualche verdura sott'olio e diede dei croccantini per cani ad Ares. Dopo avere lavato in fretta piatti e posate, si tuffò nel suo pigiama e si lasciò anch'egli cadere nel letto cullato da una stanchezza che non appesantiva perché era causata dal divertimento che aveva caratterizzato l'intera giornata.

XII

Il giorno seguente l'aria del divertimento della sera prima aveva lasciato il posto a un'atmosfera di nostalgia e tedio. La mattina si preannunciava lenta. Fuori la pioggia era scrosciante e rumorosa per cui Anselmo, Tommaso e Ares erano rintanati da ore in casa fissando il vuoto e sbuffando di tanto in tanto. A colazione avevano spiluccato frutta secca e succhi di frutta e ora i loro stomaci erano tornati a tormentarli pregando per altro cibo, ma nessuno dei due pareva avere voglia di alzarsi per fare alcunchè. Poi Tommaso si alzò di scatto, aprì la porta di ingresso senza che neanche lui sapesse come riempire il tempo. Anselmo gli lanciò un'occhiata furtiva poi si alzò a raccogliere dal comodino "Ventimila leghe sotto i mari" il romanzo di Jules Verne che da un mese giaceva dimenticato sul comodino di fianco al suo letto con il segnalibro che ancora ricordava ad Ansemo di avere letto fino a pagina ventitré. Era una vecchia copia del 1973 che aveva trovato a un mercatino dell'usato organizzato anni prima a Trento. Le pagine erano ingiallite e rovinate dall'umidità. Sbuffò via il sottile strato di povere che si era formato sulla copertina, strizzò gli occhi e alla luce di una piccola lampada ad olio iniziò a riprendere il filo di una storia dimenticata. Ares fissò il padrone e poi Tommaso infine si accucciò ai piedi di Anselmo e schiacciò un pisolino. Tommaso invece era ancora fermo sulla porta di ingresso, le braccia piegate sui fianchi, respirava l'odore della pioggia e dell'erba bagnata mentre piccole gocce portate dal vento gli bagnavano i piedi. La pioggia era ancora arrabbiata e ruggente: cadeva sul prato, sugli alberi e sul lago come in cerca di vendetta. Tommaso avanzò incerto sul da farsi proteggendosi sotto la tettoia sporgente che percorreva tutto il perimentro della casa. Barcamellando sui piedi si ritrovò sul retro dove un armadio di plastica mal ridotto pareva non essere aperto da tempo. La plastica ormai era stata rovinata dal sole per cui quando Tommaso provò ad aprire l'armadio la maniglia gli rimase in mano spezzandosi all'istante. La fissò allarmato e la lanciò all'indetro senza tanto badare a dove atterrasse sperando che Anselmo non si sarebbe reso conto del danno. Forzò l'armadio e riuscì ad aprirlo. Non vi era nulla di sorpendente custodito all'interno: una cassetta degli attrezzi, l'occorrente per andare a pesca, un secchio e una vecchia scopa, dei prodotti delle pulizie e infine, sotto a teli e attrezzature varie Tommaso riuscì a scoprire un vero tesoretto. Una grande scatola di tessuto chiusa; vi era una chiave ancora inserita nel lucchetto. La aprì e vi trovò all'interno un fantastico giradischi che doveva risalire a parecchi anni prima e una serie di vinili tutti appartenenti allo stesso artista: Elvis Presley. Carico di sorpresa trasportò la pesante scatola fino all'interno dove la posò quasi ai piedi di Anselmo indicandola con gioia. Anselmo sgranò gli occhi quasi sconvolto poi dopo essersi portato la mano alla fronte scosse la testa. Tommaso gli toccò la spalla con fare interrogativo. Il vecchio tornò a voltarsi, ripose il libro sul comodino e aprì la scatola. Prese in mano ogni singolo vinile in silenzio mentre gli occhi gli si riempivano di fredde lacrime.

<<Sono bei ricordi quelli che mi fai portare a galla, Tommaso. Belli ma dolorosi.>>

Perché?

Anselmo si alzò e si diresse all'esterno. Due tiri alla corda del motore e l'elettricità tornò a percorrere i fili della casa. Rientrò e attaccò a una presa il giradisci poi vi ripose al suo interno un vinile. Partì subito la potente voce del cantante sulle note di *Blue Christmas*. Anselmo chiuse gli occhi un istante lasciandosi cullare dalla melodia mentre Tommaso si sedeva in terra incuriosito.

<<Questo giradischi apparteneva a mia moglie>> iniziò Anselmo.

Il ragazzo ebbe uno scossone di sorpresa come se non avesse ancora realizzato che avendo avuto un figlio, un qualche tempo Anselmo doveva avere avuto anche una compagna.

<<Si chiamava Anita>> Anselmo alzò il giradischi

e da una fessura ne tirò fuori una foto ingiallita che ritraeva una giovane donna. Aveva capelli neri cotonati e uno sguardo intenso, scuri anche gli occhi. Sorrideva guardando alla camera, sembrava in imbarazzo. Le sue guance erano rosse e gli occhi marcati da un eye liner e un'ombretto.

<<Quando avevo quindici anni avevo aiutato un signore del quartiere a ripulire il garage e ripararne la porta. Mi ero guadagnato dieci mila lire e una *cotta*. Anita era infatti sua figlia ed era la ragazza più dolce e graziosa che avrei mai conosciuto nella mia vita. Lo dicono tutti gli innamorati ma io ne sono convinto, come Anita non ne esistono al mondo. Iniziammo ad uscire in segreto, suo padre era molto protettivo nei suoi confronti ma Anita non era brava a mantenere le bugie e una sera gli parlò di me. Per un anno non potemmo più vederci. Il padre si adirò con lei e divenne ancora più severo. Anita non voleva dargli collera e accettò a malincuore la sua punizione. Passato quell'anno lei, però, era ancora nei miei pensieri e io nei suoi. Frequentavamo scuole diverse ma era capitato che ci fossimo scambiati delle lettere d'amore in quei tempi. Chiesi a mia madre di accompagnarmi a casa sua e accettò. Parlammo con i genitori che con difficoltà capirono che noi eravamo innamorati e volevamo stare insieme. Presto ci sposammo; io partii per svolgere il mio Servizio come militare mentre Anita mi attendeva a casa. Volevamo una famiglia ma i bambini che desideravamo tardavano ad arrivare. Impiegò

dieci anni a nascere Gaetano, lo avevamo tanto desiderato e Anita si convise che fu un regalo del Signore quando nacque il 25 dicembre 1948>>

Anselmo fece una pausa e si alzò a prendere lo Scotch con cui ogni tanto si intratteneva con Enol.

<<Per soli sei mesi Gaetano potè godere dell'amore profondo e generoso della madre>> fissò il suo sguardo lucido su Tommaso <<morì... un tumore al seno me la portò via... *ce* la portò via>>

Dicono che il Signore voglia con sé i fiori più belli...

Anselmò sbuffò e mise un altro vinile. La voce di Elvis riempì e riscaldò l'aria, cantava *Blue Suede Shoes*.

<<Fu un colpo troppo duro da mandare giù. Mi sentivo preso in giro dal Signore che Anita tanto pregava alla sera. La mia Anita...>> fece una pausa per rimettere insieme i pensieri <<avevamo desiderato una famiglia così tanto ma infine mi trovai io da solo con un bimbo e non avevo nessuna idea di cosa fare. Gaetano piangeva sempre e sembrava che avesse capito che aveva perso il genitore migliore che potesse avere. I suoi occhi poi erano identici a quelli della mamma e per un po' fu difficile per me guardarlo in faccia>>

Anselmo posò lo sguardo sul vinile che ruotava nel giradischi.

<<Ballavamo tanto io e Anita. Le regalai questo giradischi quando ci sposammo e lei riempì la casa di una collezione vastissima delle sue canzoni preferite. Quante serate abbiamo passato fino a tardi a danzare. Ridevamo tanto io e lei. Quando

Gaetano nacque lei gli insegnò la bellezza della musica e ogni volta che il giradischi partiva Gaetano si calmava e si lasciava cullare dalle sue braccia. Ma quando lei morì Gaetano pareva sapere che le mie braccia non erano come le sue e quando azionavo il giradischi il suo pianto diventava ancora più forte. Preso dallo sconforto un giorno ruppi e buttai ogni singolo vinile che mia moglie aveva comprato>>

Anselmo toccò la sua collezione di vinili:

<<Passarono dei mesi e io e Gaetano ce la cavavamo a mala pena. Era difficile per me essere un padre dolce quando su di me il mio aveva usato solo la cintura per toccarmi. Per cui non sapevo giocare con Gaetano, non sapevo cullarlo, non sapevo cucinargli con la dolcezza con cui avrebbe fatto Anita e lui sembrava saperlo. Mi sentivo giudicato da mio figlio o forse, ripensandoci ora, riversavo su lui ogni singola mia insicurezza. Un giorno un mio caro amico, Enzo, e sua moglie Caterina vennero a trovarmi. La casa era un disastro e il mio volto era lo specchio di quel caos. Caterina fu gentile con me, riassettò la casa e si fece un giro con Gaetano per lasciarmi un attimo di respiro. Enzo invece parlò con me; erano parole cariche di preoccupazioni. Aveva portato con sé un regalo: un vinile di un cantante che non conoscevo, Elvis Presley. Enzo non era a conoscenza del fatto che erano mesi che non ascoltavo musica e non avevo voglia di spiegargli il perché. Il vinile conteneva una canzone di Elvis di cui non ricordo

il titolo perché non fu tanto la canzone a colpirmi quanto la sua voce. Le note, il tono, la sua voce riempirono il mio cuore e lo scaldarono. Mi riuscì a trasportare nell'immediato in una dimensione calda, dove i miei problemi erano in pausa... e lo amai. Caterina e Gaetano rientrarono e quando anch'egli ascoltò la melodia non pianse ma si addormentò all'istante. Elvis infine riuscì a guarire la mia famiglia. Guarì il mio dolore; lo ascoltammo per anni. A Elvis devo tanto, sono in qualche modo in debito con lui>>

Perchè allora il giradischi era nascosto?

Anselmo si lasciò sfuggire una risatina amara.

<<Quando sono arrivato qui, quindici anni fa, ho nascosto ogni dolore e ho chiuso la mia vita in un armadio. Ma non è servito a nulla nascondermi. Se il dolore lo chiudi in un armadio, ci crescerà dentro>>

Tommaso si alzò e lo abbracciò e quel gesto valse più di tante parole che avrebbe potuto scrivergli. Anselmo riprese la foto di Anita dalle mani di Tommaso la baciò e la appoggiò sul suo comodino. Poi mise un altro vinile e ascoltò Elvis Presley cantargli *Always on my mind*.

La musica venne interrotta da un rumore alla porta. Qualcuno stava bussando. Subito Tommaso si fiondò ad aprire finché le sue labbra si incurvarono in un sorriso enorme alla vista di Edmondo e Enol che stringeva nella mani un quadernino degli appunti. La Fiat 500 era parcheggiata a pochi metri mentre il fango ne stava già incastrando le ruote. La pioggia non aveva ancora smesso di rivendicare il suo disappunto per cui i due si affrettarono ad entrare. Anche Anselmo parve sorpreso perché guardando negli occhi dei due non parve vedere rammarico. Enol si apprestò al suo amico dandogli una pacca sulla spalla in segno di saluto, sorprendendosi del fatto che l'amico non pareva avere badato al gesto mentre fino a pochi giorni prima lo avrebbe inondato di *non toccarmi!*

<<Potremmo avere buone notizie!>> Edmondo ruppe il silenzio.

Subito Tommaso si lasciò andare in salti di eccitazione.

<<Cosa avete trovato?>> Anselmo si sporse in avanti e si stupì del fatto che il suo cuore aumentò i battiti.

<<Edmondo è stato molto bravo; con l'aiuto di una sua collega che ancora lavora a Torino come assistente sociale è riuscito a svolgere delle indagini impeccabili>>

<<Grazie>> Edmondo arrossì <<spero possa essere di aiuto come pista...>>

Tommaso non stava nella pelle e continuava a muoversi, sorridere e applaudire ancora prima di udire cosa avessero da dire. Nessuno dei presenti parve più farci caso.

<<Siamo riusciti a controllare tutte le adozioni avvenute nel 1984 in zona> iniziò Edmondo <<è stata una ricerca difficile, c'è molta negligenza in

questi paesini e non vengono inseriti bene i dati nel server per cui c'è voluto molto tempo>>

Quindi?

Si affrettò a scrivere Tommaso; la calligrafia appariva incerta.

<<Stavamo perdendo le speranze perché non pareva esserci nulla di anomalo o riconducibile alla piccola Elettra quando ci siamo imbattuti in qualcosa che potrebbe essere un indizio>>

Si schiarì la voce:

<<Un *indizio*. Ci tengo a sottolineare che non ho la certezza che possa esservi di aiuto...>>

Tommaso annuì con vigore.

<<Sputa il rospo!>> lo esortò anche Anselmo, ormai il suo cuore batteva *a mille*.

<<Si dà il caso che il 5 luglio 1984 l'Istituto Bambini Sorridenti gestito da sempre dalle Suore di Pozza di Siusi, a dieci chilometri da qui, abbia accolto fra i suoi bambini una piccola di tre anni. Non conoscendone le origini, le hanno dato il nome di Maria Innocente>>

Calò il silenzio all'istante mentre le sinapsi di Anselmo collegavano le informazioni che aveva su Elettra e la scoperta di Edmondo... infine *poteva essere?*

Dalla gola di Tommaso fuoriuscì un gridolino che somigliava più a un *AH* che nessuno dei presenti aveva mai udito, lo stesso ragazzo se ne stupì. Corse per la casa poi raccolto il taccuino scrisse ripetutamente:

E' lei E' lei E' LEI è lei è lei

<<Non ne abbiamo la certezza....>> provò a dire Enol che sperava fosse così ma non immaginava la delusione del ragazzo se non lo fosse stato.

In tutto questo Anselmo aveva ancora la bocca spalancata guardò Tommaso negli occhi che brillavano di commozione e speranza. Poi lo osservò correre a prendere la felpa, il taccuino e le chiavi del pick – up, uscire sotto la pioggia incessante, sedersi sul posto dei passeggeri e suonare ripetutamente il clackson.

<<Vuole andare, mi pare di capire>> ironizzò Anselmo per non ammettere che pure il suo cuore fremeva dalla voglia che Maria Innocente fosse la bambina che cercavano.

<<Cosa ne pensi?>> gli fece Enol, dovendo alzare la voce per superare il rumore del clackson.

<<Penso che siete due grandi amici e che comunque vada vi ringrazio per l'aiuto>>

I due parvero grati del complimento.

<<Adesso andiamo però o a quel ragazzo scoppierà il cuore>> esordì Anselmo alzandosi e facendo a Tommaso un gesto con la mano. Lui smise di suonare il clackson.

<<Conosci la strada per arrivare a Pozza di Siusi?>> chiese Edmondo.

<<Sì, ci sono passato un paio di volte per quel paesino, voi?>>

<<No, prendiamo la mia macchina e seguiamo il tuo pick – up>> rispose per entrambi Enol.

<<Va bene. Dovremmo impiegare una ventina di minuti ad arrivare, in alcuni tratti la strada non è

asfaltata. Quindi fate attenzione>>

Indossò una pesante felpa, poi aggiunse:

<<Per quanto possiate crederci è un paesino ancora più piccolo di Castelmezzo>>

<<Più piccolo?!>> si sorprese Edmondo che da Torino ancora doveva abituarsi alla piccolezza dei paesini.

<<Sì, è famosa solo per un piccolo canyon che un tempo conteneva un fiume; ora il nulla>>

<<Forza andiamo!>> li esortò Enol.

Anselmo fece un fischio ad Ares che salì con lui sul pick – up. I motori si misero in moto ma impiegarono cinque minuti a liberare la Fiat 500 dalla presa del fango. Le due auto sfrecciarono allora in strada, direzione Pozza di Siusi.

XIII

Per tutto il tragitto Tommaso non aveva smesso di muoversi un solo secondo, non riusciva a trattenere l'emozione. Questo suo atteggiamento non aveva messo agitazione solo ad Anselmo, che dovette accendersi ben tre sigarette, ma anche ad Ares che guaiva non vedendo l'ora di scendere. Anselmo ogni tanto lanciava un'occhiata nello specchietto retrovisore per assicurarsi che Enol lo stesse seguendo. Lo vedeva parlare animatamente con Edmondo ma i due parevano essere più tranquilli. Le strade erano bagnate e lì dove non vi era l'asfalto era difficile per la Fiat 500 tenere il passo con il pick – up di Anselmo che superava le pozzanghere senza fatica. In quella zona però la pioggia aveva dato una tregua agli abitanti e alla vegetazione e qualche debole raggio di sole faceva un timido capolino da dietro le nuvole. Raramente si imbattevano in qualche casa lungo il tragitto e in quei casi diverse facce curiose spuntavano dalle porte e dalle finestre. Doveva essere raro vedere passare per quelle strade macchine sconosciute. Impiegarono venticinque minuti prima che il cartello che riportava la scritta *Benvenuti a Pozza di Siusi* li accogliesse. Tommaso parò il suo viso fuori dal finestrino e lì rimase finché, dopo diversi tentativi e dopo aver chiesto indicazioni a due passanti scortesi e malfidenti, riuscirono a trovare l'Istituto Bambini Sorridenti. I motori si spensero gemendo e scesero tutti fuori lentamente, l'unico che fece un balzo fu Ares che si sgranchì le zampe rimanendo sempre vicino al suo padrone. I quattro rimasero qualche istante a fissare un grande cancello di ferro battutto che riportava la scritta in metallo con il nome del posto. Il cielo era terso e grigio e i ciottoli ai loro piedi erano bagnati e rendevano difficoltoso camminare. Il cancello di ferro percorreva tutto il perimetro dell'Istituto che quindi era visibile dall'esterno ma allo stesso tempo isolato da esso. Vi era un grosso edificio, sullo sfondo, a tre piani. Le mura esterne erano grigie perché il bianco di un tempo doveva essersi rovinato con lo scorrere degli anni. Alcuni rampicanti si erano fatti strada lungo la parete che si collegava a una piccola chiesa con una croce trionfante sul tetto. Davanti all'edificio vi era un enorme prato dove stavano giocando una decina di bambini, nessuno di essi sorrideva. Parevano comunque divertirsi a loro modo laddove rincorrevano insetti o giovacano a biglie lungo un percorso costruito da loro stessi. Era da poco passata l'ora del pranzo e solo gli stomaci dei quattro al momento stavano comunicando perché continuavano a brontolare incessanti mentre i loro proprietari ignoravano i morsi della fame. Tommaso fu il primo a compiere qualche passo incerto e fissò il suo sguardo su ciascuno dei bambini finché esso non si puntò su una bambina seduta di spalle intenta a strappare le margherite che erano cresciute sul prato. Tommaso si paralizzò e iniziò a tremare.

<<Stai bene?>> gli chiese Anselmo senza ottenere risposta.

Guardò i suoi altri compagni di viaggio con fare interrogativo ma i due si limitarono ad alzare le spalle.

<<Che ne pensi, suoniamo il campanello?>> provò Edmondo nella direzione di Tommaso ma questi pareva non ascoltarli.

Non si erano ancora viste infatti nessuna delle suore che gestivano il posto, doveva essere probabilmente un'ora dedicata al gioco dei bambini, fra bambini. In fin dei conti di lì non potevano di certo uscire senza il consenso di un adulto, il cancello che percorreva l'intero perimetro era alto almeno quattro metri e appariva imponente e minaccioso.

Anselmo toccò la spalla di Tommaso delicatamente come a volerlo fare rinvenire da quella fase di tranche in cui pareva essere caduto.

<<Io suono il campanello>> Enol premette sul pulsante e un rombante *din don* si udì per tutto il prato.

A quel suono ciascuno dei bambini si voltò verso l'ingresso e notando quattro estranei cessarono le loro attività per puntare i loro occhi incuriositi su di loro. Tutti tranne la bimba dai capelli biondi che si voltò soltanto quando uno dei bambini si lasciò sfuggire.

<<Che bel cane arancione!>>

<<E' rosso>> lo corresse un'altra.

A quel punto la bimba si voltò e quando lo fece Tommaso cadde in terra mentre gli occhi sbarrati continuavano a fissare quella graziosa bimba vestita di rosa con un fiocco giallo fra i capelli. A quel punto Anselmo, Enol e Edmondo si portarono le mani al petto perché avevano già capito ancora prima che Tommaso riuscisse a trovare la forza di alzarsi e reggendosi al cancello con una mano, per non cadere sulle gambe molli, gridasse:

<<ELETTRA!>>

A quel suono Anselmo si lasciò sfuggire un verso di stupore. La voce di Tommaso appariva profonda e rotta dal dolore e dalla sorpresa. Mentre la bambina fissava il ragazzo incerta e faceva qualche passo verso la sua direzione una suora fece capolino dall'ingresso dell'edificio e fermandola per un braccio urlò verso gli estranei:

<<Cosa sta succedendo qui? Cosa volete?>>

A quel punto Tommaso stava piangendo a dirotto e gli servirono due mani per reggersi al cancello, Anselmo lo sosteneva per una spalla dandogli qualche carezza sulla schiena. Per cui fu Enol a prendere parola:

<<Quella bambina>> indicò verso la sua direzione <<la conosciamo!>>

Poi guardò verso la direzione di Tommaso per esserne certo e lui annuì.

<<Si chiama Elettra Villa!>> continuò allora Enol.

A quel suono anche la bambina parve scossa e fece qualche passo indietro sconcertata, la suora lo notò.

<<Vi sbagliate. Il suo nome è Maria Innocente. Andate via!>>

<<Se solo potesse aprirci le potremmo spiegare come mai siamo qui>> fece Edmondo che stava iniziando a spazientirsi.

Tommaso appariva ora ansioso e iniziò a torcersi i capelli e quel moto che lo aveva spinto a urlare si era già spento. Allungò un braccio all'interno del cancello, verso la bambina, come a volerla avvicinare. La bimba si nascose dietro il vestito della suora e quel gesto spezzò il cuore di Tommaso nel quale iniziava a instaurarsi l'idea che la sorella tanto cercata, che ora si trovava a pochi passi, non potesse ricordarsi più chi lui fosse. Per cui si voltò liberando un pianto che se prima era di commozione ora era di dolore. Anselmo lo capì e prese parola

<<Elettra!>> indicò il ragazzo <<Lui è tuo fratello, Tommaso. Ti ricordi? Ti ha cercata tanto quando ti sei persa e adesso ti ha trovata!>>

La bambina ormai doveva avere nove anni ed era alta quasi quanto la suora da dietro la quale si sporse.

<<Ma che storie sono mai queste, Maria non si è mai persa!>>

<<Forse non si è persa in questi sei anni che è stata qui ma si è persa prima di arrivare qui! E voi lo sapete che questa bimba che ospitate è senza storia e questo ragazzo che è arrivato fin qui ha impiegato sei lunghi anni per ritrovare sua sorella>> gridò Edmondo verso la sua direzione.

<<E il suo nome è Elettra Villa ed è scomparsa da Castelmezzo il 2 luglio del 1984!>> finì Enol.

La suora apparve presa contropiede, non sapendo cosa replicare balbettò qualcosa che i quattro non riuscirono ad udire mentre con una mano stringeva quella della bambina e con l'altra il rosario.

Tommaso tornò a voltarsi e guardò la bimba negli occhi, lei a sua volta lo osservava. Rimasero così per un lungo minuto poi lei sorrise e liberatasi dalla stretta della suora iniziò a correre sempre più veloce e quando fu vicino al cancello Tommaso sporse le braccia fra le sbarre; gli occhi gonfi dal tanto piangere e un sorriso che nasceva sul suo volto. Poi la bambina si fermò e divenne seria d'istante. Iniziò a roteare le punte dei due indici e guardando a terra disse:

<<Allora non era un sogno>>

Nel frattempo la suora l'aveva raggiunta e quando la bimba alzò lo sguardo su di lei le fece:

<<Mi avevi detto che era un sogno, che la mia mente aveva inventato tutto come sono inventati i cartoni alla televisione>>

La suora aprì la bocca per dire qualcosa ma non ne uscì nulla.

<<Allora era vero!>> incalzò ancora la bambina.

<<Che cosa era vero?>> si intromise Edmondo.

Ma la domanda rimase ad aleggiare nell'aria perché la bimba parlò di nuovo:

<<Mi ricordo di te, Tommaso>> fece con voce rotta da commozione <<tu sei davvero mio fratello, non sei un sogno!>>

Detto questo si lanciò fra le braccia di Tommaso che la strinse a sé attraverso le sbarre mentre fra la commozione di tutti solo Anselmo potette sentirlo bisbigliare all'orecchio di Elettra:

<<Ti ho trovata>>

A quel punto anche Anselmo scioppiò a piangere, il suo era un pianto rumoroso che attirò l'attenzione di tutti perfino di Tommaso che si girò nella sua direzione ed ebbe la volontà di lasciare le braccia della sorella per stampargli un bacio sulla guancia. A quel punto la suora era stata raggiunta da altre due. Le tre si girarono a sussurrare qualcosa fra di loro. Poi una tornò a voltarsi e con dita incerte tirò fuori la chiave del cancello e lo aprì. A quel punto Tommaso si lanciò su Elettra e la sollevò in un caldo abbraccio. Ruotarono intorno e finirono per cadere in terra ancora abbracciati. E risero. Un suono caldo e gioioso. Si misero a sedere e la bimba allungò le mani per tracciare con le dita i contorni del viso del fratello.

<<Sei grande>> gli fece <<non eri così nei miei ricordi>>

Tommaso sorrise e i suoi occhi brillavano di libertà.

Poi la bimba non ricevendo risposta si lanciò di nuovo al suo collo e disse:

<<Ti voglio bene. Scusa se mi sono nascosta>>

Tommaso scoppiò in un nuovo e silenzioso pianto e tirò fuori, con mani tremanti, dalla tasca della felpa il taccuino per scrivere.

Ti voglio bene

Erano milioni le parole che avrebbe voluto dirle.

<<Perché scrivi?>>

Non ricordo più come si parla

<<Ma mi hai parlato già due volte>> rise la bimba e lo guardò con sguardo innocente e incuriosito mentre gli prendeva la mano.

Tommaso sobbalzò appena, nell'emozione del momento non si era reso conto che in effetti aveva parlato. Strinse la mano della sorella e quindi ritentò ma al primo tentativo fallì, al secondo pure, al terzo un bisbigliò fuoriuscì e la parola *scusa* al quel punto la potè udire soltato la piccola Elettra.

Una delle due suore chiuse il cancello a chiave e fece segno a Enol, Edmondo e Anselmo di seguirli all'interno dell'edificio. Con loro venne anche la prima suora che avevano intravisto mentre una di esse rimase nel prato a spiegare agli altri bambini incuriositi che cosa stava accadendo. Anselmo immaginò che era rimasta fuori anche per controllare Tommaso e Elettra ma fu contento che venne lasciato loro uno spazio per stare da soli. I tre rimasero a parlare con le suore per ben due ore. Alla fine delle quali ritornarono fuori e gli unici due poliziotti di Pozza di Siusi si presentarono ai cancelli dell'Istituto. Alla vista della macchina della polizia, Tommaso che era ignaro di cosa stesse accadendo, si allarmò e strinse a sé la sorella come se avesse paura che di nuovo qualcosa o qualcuno gliela portasse via. I poliziotti osservarono la scena e tornarono dentro a parlare un'altra ora con il resto del gruppo.

Saltò fuori che il 5 luglio 1984 uno di quei poliziotti aveva trovato Elettra nel boschetto vicino al canyon di Pozza di Siusi dopo avere ricevuto diverse segnalazioni dai pochi turisti di passaggio. Era visibilmente affamata, disidratata e malridotta. Le sue scarpe erano rotte in diversi punti e aveva numerosi graffi lungo il corpo. Inoltre non aveva la maglietta ma solo un paio di pantaloncini. Appariva in uno stato di schock e non sapeva riferire il suo nome o il nome dei suoi genitori. Non ricordava dove abitava né il motivo per cui si trovava il quel boschetto. L'unica cosa di cui era certo il poliziotto era che quella bimba non abitava nella zona perché egli conosceva personalmente ciascuno dei duecento abitanti del paese e dei suoi dintorni. E quella bambina non era della zona. Era riuscito a conquistare la sua fiducia dopo averle offerto una porzione di patatine. Riuscì quindi a portarla all'Ospedale più vicino che distava circa dieci minuti da Pozza di Siusi perché la rimettessero in sesto e capissero se qualcuno avesse abusato della piccolina. Nel frattempo tornò alla stazione di polizia dove con il suo unico collega si confrontarono per ore sull'accaduto.

Nulla di più grave di una chiamata per un litigio fra vicini era avvenuto negli ultimi anni nella zona che coprivano. Decisero di controllare il database dei bambini scomparsi ma non trovarono nulla. L'unico riferimento a un caso di bambina scomparsa in zona era avvenuto due giorni prima ma era già segnato come risoluto. Notarono comunque che era avvenuto in un luogo non lontano da dove si trovavano, a Castelmezzo e che, in effetti, per una bambina così piccola tre giorni ci sarebbero voluti per coprire la distanza fra i due paesi, a piedi. Si affrettarono quindi a contattare i loro colleghi a Castelmezzo per parlargli della loro intuizione ma essi affermarono che la bambina del caso che avevano seguito era morta e che quindi il caso era chiuso. Consigliarono anche di abbandonare quella pista perché una bambina così piccola non avrebbe mai potuto sopravvivere tre giorni nel percorso che collegava i due paesi perché troppo pericoloso e pullulante di animali selvaggi. A quel punto l'Ospedale li aveva già richiamati per informarli che non vi era traccia sul corpo della bambina di alcun segno di abuso ma che era in evidente stato di schock e non ricordava nulla di quanto le era accaduto se non che l'unica cosa che aveva detto era: *forse mi sono persa.*

La sera si stava ormai avvicinando per cui i due poliziotti andarono in Ospedale a riprendere la bambina che era stata dimessa. Non avendo altre tracce da seguire e non avendo ricevuto nessuna dencuncia di scomparsa l'unica cosa che venne in mente ai due era affidare per la notte la bimba alle cure delle suore dell'Istituto Bambini Sorridenti. Esso era un Istituto in cui transitavano bambini, anche in attesa di adozione, laddove erano stati abbandonati dai genitori o maltrattati. Le suore furono liete di accogliere la bambina ma non ricevettero miglioramenti nei giorni successivi sulla sua memoria né i poliziotti ebbero maggiore fortuna a rintracciare i genitori della bambina. Per cui decisero di lasciare il caso aperto ma di addifarla in maniera ufficiale alla cura delle suore. Siccome la bimba non ricordava il suo nome, le suore gliene fornirono uno nuovo: Maria Innocente. Ella era una bambina buona con le guance tonde e rosse e dei bellissimi capelli biondi. Diede nel tempo molti fili da torcere alle suore perché era tanto affettuosa quanto testarda ma infine imparò a comportarsi a modo. Andava d'accordo con gli altri bambini e nel tempo aveva dovuto salutarne qualcuno che era stato adottato e accoglierne qualcun altro. Una costante però che accompagnava il rapporto con gli altri bimbi erano le furiose liti che avevano luogo quando le veniva chiesto di giocare a nascondino. Aveva paura di quel gioco e non voleva che nessuno lo facesse ma non era mai riuscita a dire il perché. Solo due anni prima la bambina si era svegliata un giorno proclamando dal nulla alle suore: *credo di chiamarmi Elettra*. Alla richiesta di spiegazioni la bambina non ne aveva saputo dare. Col passare del tempo però diverse furono le sue affermazioni ambigue: *nei miei sogni camminavo e avevo un fratello; penso che mio fratello si chiama Tommaso; ho anche una mamma e un papà ma litigano; mi ricordo che l'ultima volta che mi sono nascosta era buio e le pietre pungevano.* Le suore quindi si erano convite a chiamare la polizia ma quando una delle suore più giovani li aveva visti arrivare era scoppiata a piangere e aveva ammesso che, intenerita da quella bimba senza passato, le aveva confessato di essere convinta che lei fosse la bambina scomparsa a Castelmezzo tanti anni prima. Quando questo venne fuori convennero tutti che una bambina già confusa di suo sulla sua identità doveva essersi aggrappata alla storia che le era stata raccontata ed era andata maggiormente in confusione. Per cui le raccontarono che i suoi erano sogni, inventati dalla sua mente come i cartoni in televisione e nessuno le credette più. Nessuno fino a quel momento.

Il poliziotto più anziano che l'aveva trovata all'epoca si grattava la fronte visibilmente a disagio mentre dalla finestra osservava i due fratelli intenti a giocare con le biglie.

<<Abbiamo sbagliato tutti>> sussurrò infine <<e una famiglia è stata separata>>

<<Per così tanto tempo...>> convenne la suora che era stata scontrosa con loro.

<<Dove andrete ora?>> chiese il secondo poliziotto.

<<A casa mia>> confermò Enol mentre su un

foglio di carta scriveva *via castellani, 43 Fattoria Castello, Castelmezzo*: l'indirizzo di casa sua.

Chiamarono dentro Tommaso che fece capolino nella stanza tenendo stretta la sorella fra le mani e guardandosi intorno spaventato. Gli fecero compilare un modulo per cui lui si sarebbe preso momentaneamente in affido la bambina in quanto fratello maggiorenne in attesa che i suoi genitori fossero contattati e ne riprendessero ufficialmente la custodia. A sentire nominare i suoi genitori Tommaso storse il naso ma non disse nulla, voleva con tutto se stesso che Elettra venisse via con lui da quel posto. I poliziotti poi si ritagliarono un attimo per parlare con la bimba e chiederle se preferisse rimanere con le suore o andare con Tommaso. Lei rispose che preferiva andare. Per cui il ragazzo firmò il modulo e dopo qualche altro accordo si congedarono tutti. Quando Enol, Edmondo, Anselmo, Ares – che era stato nel frattempo torturato dalle mille carezze dei bambini – Tommaso e Elettra uscirono dai cancelli dell'edificio l'aria appariva di un peso diverso. La polizia fu la prima a mettere in moto ed andarsene. Avrebbero cercato di contattare i genitori di Tommaso e Elettra dalla stazione di polizia e poi avrebbero raggiunto tutti alla fattoria di Enol. Così era stato deciso. Le suore nel mentre avevano preparato a Elettra uno zaino con alcuni dei suoi indumenti e con il suo peluche preferito: un orso di nome Tommy. Tommaso si volse dall'altra parte perché si era promesso di non piangere di nuovo quel giorno.

<<Fai la brava Maria>> l'abbracciò una suora <<ti voglio bene>>

<<Anche io>> disse Elettra piangendo e abbracciando tutte le suore.

Poi corse di nuovo dentro ad abbracciare i bambini.

<<Ciao Carlo>>

<<Ciao Martina>>

<<Ciao Giulia>>

<<Ciao Luca>>

Fece così con tutti e dopo avere abbracciato e baciato tutti e nove i bambini proclamò:

<<Vado ad avere una famiglia>>

Tutti i bambini esultarono, alcuni piansero anche. Un coro si alzò mentre Elettra correva di nuovo fuori dal cancello:

<<Ciao Maria ti vogliamo bene, torna a trovarci!>>

Elettra strinse di nuovo la mano del fratello e guardandolo negli occhi fece:

<<Ho paura>>

La suora più giovane che all'epoca si era lasciata sfuggire con la bambina quella che poi si sarebbe rivelata la sua Storia scoppiò allora a piangere e andò dentro per non farsi vedere.

<<Dove andiamo?>> insistette Elettra.

Tommaso si abbassò e Anselmo potette giurare di averlo sentito sussurrare: *a casa*. Si lasciò andare allora in un abbraccio e ben presto si unirono anche Edmondo e Enol e tutti rimasero stretti così per qualche secondo. Si congedarono poi dalle suore e promisero di rimanere in contatto dato che si erano dimostrate interessate al futuro che avrebbe avuto Elettra.

Edmondo e Enol salirono sulla Fiat 500. Anselmo aprì allora il pick – up. Tommaso fece salire Elettra e caricò le sue cose poi fece spazio ad Ares perché potesse salirci sopra. Prima che anche Anselmo facesse lo stesso corse ad abbracciarlo e avvicinò le labbra al suo orecchio. Con voce calda Anselmo potette udire la prima parola che Tommaso rivolgeva a lui:

<<Grazie>>

Lo guardò negli occhi e quando ne colse un'enorme gratitudine scoppiò a piangere, un pianto rumoroso che fece voltare le suore e abbassare il finestrino a Enol che preoccupato gli chiese:

<<Va tutto bene?>>

Ma lui si limitò ad annuire e si accese una sigaretta. Poi guardò Elettra e si ricordò che non si fuma con i bambini per cui alzò gli occhi al cielo e fece un profondo respiro, spense la sigaretta e mise in moto. Tommaso gli sorrise, era un sorriso divertito e di innocente scherno perché in fondo lo aveva sempre saputo che sotto la sua corezza, Anselmo, era un tenerone. E Anselmo colse il suo scherno nel suo sguardo e scoppiò a ridere. Fu così che le due auto presero la strata del ritorno, direzione la fattoria di Enol.

XIV

<<Stai bene?>> fece Anselmo nella direzione di Elettra per spezzare il silenzio che era calato sui tre.

<<Sì. Sono felice e spaventata... si può essere felice e spaventata?>>

Anselmo ridacchiò:

<<Certo che sì. Guarda tuo fratello. Lui è il ritratto della paura e della felicità>>

Elettra si girò verso Tommaso:

<<E' vero!>> convenne e i tre risero insieme.

<<Hai fame?>>

<<Un po'>>

Tommaso alzò le mani al cielo per indicare che anche lui aveva fame.

<<Secondo te perché mio fratello non parla?>>

Anselmo scoppiò a ridere.

<<E' strambo, ho un fratello strambo>> convenne.

Tommaso sorrise ma arrossì allo stesso tempo.

La bambina poi puntò il suo sguardo curioso davanti a sé, studiando la strada. Anselmo lo notò e chiese:

<<Facevate delle uscite con le suore?>>

<<Sì ben quattro alla settimana. Quasi tutti i

giorni. Di sicuro non la domenica. La domanica è il giorno del Signore, si va nella Chiesa che abbiamo noi e si prega. Poi si cucina insieme e si mangia quello che abbiamo cucinato>>

Dove andate quando uscite?

Scrisse Tommaso.

Elettra guardò il taccuino e fece una smorfia:

<<Se non parli non ti rispondo>> incrociò le braccia al petto <<non ci vediamo da tanto e tu ti diverti a fingere di non sapere parlare. Non mi piace questo gioco>>

Tommaso si portò le mani al petto visibilmente ferito da come la sorellina aveva interpretato il suo comportamento.

Anselmo assistette alla scena e provò a prendere le parti del ragazzo:

<<Sai Elettra... inanzittutto ti sta bene che ti chiamamo Elettra?>>

<<Certo, è il mio nome. Ed è più bello di Maria anche se voglio bene al nome Maria. Maria può essere il mio secondo nome, che ne pensi?>>

<<Penso sia una buona idea>> convenne Anselmo.

<<Ti volevo dire... Tommaso non lo fa a posta a non parlare, capisci? Dei dottori stanno cercando di aiutarlo a parlare di nuovo solo che a volte deve scrivere>>

<<Perché? Sei malato?>> si allarmò Elettra guardando Tommaso.

Il ragazzo si puntò la mano alla testa con sguardo triste.

<<Stai morendo?>> si allarmò maggiormente la

bimba <<mi hanno parlato della morte, le suore. Il Signore accoglie tutti nel Regno Eterno>> recitò.

<<Nessuno sta morendo e nessuno sta male>> si affrettò a specificare Anselmo <<semplicemente come sai parlare a volte non lo sai più fare>>

<<Wow, che strano>> cantilenò la bimba.

<<Quindi ora mi puoi parlare?>> insistette poi.

Anselmo si voltò per non far notare che stava ridendo. Immaginò che non era davvero migliorata per quanto riguardava il suo essere terribilmente testarda.

Tommaso fece un profondo respiro, arrossendo fino alla punta delle orecchie e dopo avere aperto invano la bocca per due volte disse:

<<Dove andavate?>> la voce era rotta dall'imbarazzo e dallo sforzo compiuto per parlare. Elettra si fece bastare quel poco e rispose soddisfatta:

<<Andavamo nella Chiesa del paese che è più grande della nostra oppure a comprare il gelato oppure al parco con altri bambini oppure nella Fattoria del Signor Vecchi oppure...>>

<<Wow quanti bei posti!>> si affrettò a interromperla Anselmo la quale testa stava già scoppiando.

Tommaso abbracciò la sorella e poco dopo si appisolarono. Anselmo infine cedette alla tentazione di accendersi una sigaretta, tenendo cura che il fumo andasse fuori dal finestrino e accarezzò il povero Ares al quale era stato riservato ben poco spazio sul pick – up.

<<Bravo cane>> sussurrò nella sua direzione.

In ricambio Ares arricciò il labbro, Anselmo lo interpretò come il suo modo di sorridergli.

Per la strada fece segno a Enol di accostare in modo che potessero comprare della pizza, della Coca – Cola e della Fanta Aranciata: sarebbero stati contenti Tommaso e Elettra una volta che si fossero risvegliati.

<<Ottima idea!>> convenne Enol.

<<In fondo abbiamo di che festeggiare!>> affermò Edmondo.

<<Sei stato bravissimo e molto gentile Edmondo>> gli fece Anselmo <<se non fosse stato per te nessuno avrebbe scoperto la verità su Elettra Villa>>

Lasciarono i due appisolati sul pick- up e entrarono in una pizzeria con Ares al seguito. Nell'attesa comprarono una birra Peroni e brindarono alla loro Salute. Infine pagarono e dieci minuti dopo erano sul vialotto della Fattoria Castello dove i *muuu* delle *sensibili* mucche di Enol davano loro il benvenuto.

Anselmo svegliò delicatamente Elettra e Tommaso, i due si stirarono e scesero dal pick – up. Ares scondinzolava contento che il viaggio fosse finito e non dovesse più stringere il suo peloso sedere sul pick- up. Anselmo lo accarezzò e attese che anche Enol e Edmondo scendessero dall'auto con la cena.

<<Pizza! Evviva!>> urlò la bimba quando si rese conto del contenuto dei cartoni.

<<Grazie ancora. Siete i migliori>> bisbigliò Tommaso nella loro direzione e seguì la sorella che senza tanti complimenti entrò nella casa di Enol.

I tre rimasero immobili qualche secondo. Era terribilmente *strano* sentire il suono della voce di Tommaso.

<<Anni di medicine e strizzacervelli!>> Enol sputò in terra.

<<Tutto quello che gli serviva per guarire era sua sorella...>> finì la frase per lui Edmondo che nella coppia era quello più educato nei modi.

<<Facciamo finta che sia normale il fatto che parli... non si sa mai che torni a zittirsi>> provò a suggerire Anselmo.

<<Ha parlato l'altro strizzacervelli!>> lo prese in giro Enol scoppiando a ridere e entrando in casa.

La casa di Enol era curata e luminosa.. All'ingresso vi era un enorme salotto stile country, del resto tutto l'arredamento seguiva questo stile. Si sedettero su un grande tavolo di acero e cenaro.

<<Che bontà!>> esclamò d'un tratto Tommaso.

Anselmo si bloccò un istante strozzandosi con un boccone. Ricordandosi, poi, della sua raccomandazione del *far finta che sia tutto normale*, disse:

<<E' vero!>> con voce robotica.

Poi guardò Enol e Edmondo con fare complice che divertiti replicarono:

<<*Mmhh* è vero!>>

<<Essì>> fece soltato Enol scuotendo il capo.

Tommaso e Elettra sorrisero.

Quando ebbero finito le pance di tutti erano piene. Tommaso e Elettra andarono a posizionarsi sul divano davanti al televisore. Enol, Edmondo e Anselmo si concessero uno Scotch. Quest'ultimo osservò i due in salotto e affermò:

<<Sembra che il tempo non li abbia mai separati>>

Gli altri due convennero.

<<Non ho spazio in casa mia per ospitarli entrambi stanotte>> osservò poi.

Enol e Edmondo si scambiarono un'occhiata.

<<Possono rimanere qui, ho una stanza degli ospiti libera. Dubito che i poliziotti si presentino stasera ma domani è probabile che sarà una giornata movimentata… Avrà bisogno di te, Tommaso>> replicò Enol.

Anselmo si voltò a guardare in viso l'amico e si rattristò:

<<Non ha più bisogno di me. Nessuno ha più bisogno di me>>

Edmondo gli diede una lieve pacca sulla spalla:

<<Svegliati, quel ragazzo ti adora!>>

Enol annuì:

<<E anche tu adori lui>>

Anselmo non replicò e si limitò a bere il contenuto del suo bicchiere.

Enol e Edmondo si guardarono fieri di essere anche loro stati di aiuto in quella ricerca che gli era parsa, in un primo momento, il folle tentativo di un ragazzo straziato dal dolore. Si scambiarono un affettuoso bacio. A quel punto Elettra era tornata in cucina per prendere dell'altra aranciata e dopo avere assistito alla scena tirò Enol per la manica.

<<Cosa c'è?>> le fece.

<<Perché vi siete baciati?>>

Enol rimase a osservarla senza rispondere alcunché.

<<Non sapevo che due uomini si baciano. Le suore non me lo hanno mai detto. Anche tu Anselmo ti baci con un uomo?>>

<<Ci si bacia quando ci si piace>> le spiegò Anselmo.

<<Quindi io devo baciare una bambina?>>

<<Se non ti piace, no>>

Elettra alzò le spalle e si ritirò sul divano dove sorseggiò la sua aranciata. Anselmo la sentì dire al fratello:

<<Lo sapevi che anche due uomini si baciano? Enol e Edmondo si sono baciati. Io pensavo che solo un uomo e una donna si baciano e dal loro bacio nascono i bambini. Le suore non mi hanno mai detto che un uomo e un uomo si baciano. Tu lo sapevi?>>

<<Sì lo sapevo>> sussurrò Tommaso.

<<Quindi Enol e Edmondo ora aspettano un bambino?>>

<<Non lo so... può darsi>> tagliò corto Tommaso.

<<Wow>> fece Elettra <<oggi scopro un *sacco* di cose!>>

Tommaso gli prese l'aranciata dalle mani e ne bevve un po'.

Enol e Edmondo che avevano ascoltato anche loro si scambiarono un'occhiata e si misero a ridere.

<<Ora aspettiamo un bambino!>> scherzò Edmondo.
I tre fecero brindare i bicchieri e tornarono a bere.

Un'oretta più tardi Tommaso e Elettra avevano preso posto nel letto matrimoniale della stanza degli ospiti di Enol. Elettra strinse a sé il suo peluche Tommy e dopo si strinse al fratello. Tommaso appariva rigido e teso, le forti emozioni del giorno dovevano infine averlo sfinito. Aveva molto di cui pensare durante la notte, in più il giorno successivo avrebbe rivisto i suoi genitori dopo tanto tempo, e una nuova fase della sua vita pareva aspettarlo ora che aveva ritrovato sua sorella e anche il dono della parola. Egli stesso si portava la mano alla bocca ogni volta che riusciva a pronunciare una frase. Appariva ancora incredulo del miracolo che lo aveva investito in un solo giorno: era riuscito a portare a termine la missione che lo aveva ossessionato praticamente tutta la sua vita, ritrovare sua sorella. E oltre alla sorella aveva ritrovato la Parola e mai come allora gli pareva così bello poter pronunciare ad alta voce i suoi pensieri. Anselmo lo aveva osservato poco prima mettersi il pigiama in bagno, prendere due pillole, forse per calmarsi, per poi buttare le rimanenti nel gabinetto e scaricare. Forse un gesto di addio a una fase della sua vita caratterizzata da ansie, paure, maltrattamenti e solitudine. Una vita in Istituto che lo aveva privato di tante *prime volte* e di una esistenza *normale*. Una vita senza parlare, pur sapendo di *potere* parlare. La sua mente infine era in via di guarigione e l'amore per la sorella era stata l'unica medicina in grado di funzionare. Anselmo non avrebbe mai potuto credere a un simile cambiamento se glielo avessero raccontato, ma aveva assistito alla potenza dell'amore e questo lo aveva scosso. Era salito sul pick – up con Ares e aveva guidato quei pochi chilometri che lo separavano da casa sua. Si era fatto una lunga e rigenerante doccia. Si era infilato in un pigiama pulito e si era messo a letto. La casa gli pareva così vuota senza la testa ricciuta del ragazzo e la notte più buia dato che nessuno gli aveva porto un taccuino con su scritto *Buona Notte*. Fece gesto ad Ares di salire sul letto con lui e lo abbracciò. E così crollarono in un sonno profondo.

XV

Anselmo si risvegliò alle prime luci dell'alba, ancora avvolto dal caldo pelo di Ares. Buttò, come ormai si era abituato a fare, uno sguardo sul sacco a pelo ancora disteso ai piedi del camino ma non vi era nessuno steso su di esso. Sbuffò e si mise a sedere sul letto svegliando Ares. Gli aprì poi la porta così che potesse correre a fare i suoi bisogni e lentamente si chinò ad arrotolare il sacco a pelo per riporlo al suo posto nell'armadio. La prima volta che Tommaso aveva dormito a casa sua ebbe l'impressione che qualcuno di *troppo* occupasse lo spazio fra quelle pareti ma ora che non aveva dormito lì sentiva il peso di una mancanza che non aveva immagino avrebbe provato. Era dura per lui ammettere che infine si era affezionato al ragazzo per cui tentò di distrarsi. Si scoprì però a rattristarsi al pensiero che quel giorno Tommaso sarebbe probabilmente andato via. Si chiese se lo avrebbe mai rivisto e se mai lui si sarebbe dimenticato della sua esistenza. Si affiacciò alla porta per osservare Ares scondizolare fra le margherite e rincorrere gli uccellini che si affrettavano a volare lontano da lui. Poi mise dell'acqua sul fuoco e si preparò del caldo tè che accompagnò a delle fette biscottate con la marmellata fresca della famiglia Quattrovalli. Fece un fischio ad Ares per richiamarlo e diede anche a lui qualche fetta biscottata. Poi prese una felpa dall'appendiabiti e le chiavi del pick – up e con Ares presero la strada verso la fattoria di Enol. Quando arrivò, le luci in casa erano spente ma sapeva dove trovare l'amico. Si affacciò nella stalla delle mucche e infatti trovò sia Enol che Edmondo intenti a prendersi cura dei loro animali.

<<Buongiorno>> lo salutarono sorpresi di vederlo a quell'ora dell'alba.

<<Sei riuscito a riposare?>> chiese Enol.

<<Un po'>> ammise Anselmo.

Si lasciò cadere su una balla di fieno e osservò i suoi amici mungere e dare da mangiare alle mucche. Poi li aiutò a ripulire la stalla e portare le mucche nel recinto esterno. Quando ebbero finito era mattina inoltrata e tornarono in casa a darsi una ripulita. Ares rimase in cortile ad annusare gli odori diversi che emanava quel posto. Poco dopo i due fratelli si svegliarono e fecero colazione insieme a Edmondo e Enol. Mangiarono cereali e latte fresco. Anselmo non toccò cibo, sentì improvvisamente che il suo stomaco era chiuso e rifiutava qualsiasi forma di alimento o di liquido minacciando di rigurgitare il tutto. Si sentiva agitato e si scopriva a fissare diverse volte la porta come se da un momento all'altro la polizia potesse bussare. Il telefono squillò una mezz'ora dopo. Tutti sobbalzarono.

<<Arrivano fra un'oretta>> annunciò Enol che aveva preso la telefonata.

<<Chi?>> chiese Elettra.

<<I due poliziotti che hai conosciuto ieri, insieme ai tuoi genitori>>

Elettra parve eccitata per il resto del tempo:

<<Non vedo l'ora di conoscere i miei genitori, non li ricordo più>> continuava a ripetere saltellando per il salotto.

Tommaso invece era tornato a chiudersi in un silenzio ambiguo e nervosamente si torceva i capelli. La Parola però non lo aveva abbandonato dopo la notte perché lo avevano sentito chiedere che ore fossero. Enol e Edmondo invece conversavano fra di loro tranquilli e si occupavano delle normali faccende della loro quotidianità, nell'attesa. Apparivano abbastanza indifferenti all'evolversi dei fatti, forse desideravano che la storia si concludesse e potessero ritornare alla loro normalità e a ritagliarsi la privacy che tanto avevano desiderato per anni. Anselmo invece continuava a sentirsi teso senza che ne potesse apprendere bene le ragioni. Infine si sedette vicino a Tommaso e gli chiese:

<<Sei agitato?>>

Il ragazzo annuì.

<<Perché?>>

Tommaso alzò le spalle continuando a fissare un punto davanti a sé.

<<E' perché devi rivedere i tuoi genitori o perché temi di tornare in Istituto?>>

Tommaso non replicò.

<<Sai che puoi contare su di me, vero?>> insistette Anselmo.

Tommaso allora si voltò e gli posò un istante le mani su una guancia. Portò poi la mano al suo cuore e poi al cuore di Anselmo infine strinse le braccia a sé e fissò un punto sul pavimento. Il gesto di Tommaso turbò appena il vecchio.

Un'ora dopo esatta erano le 11:00 e sentirono qualcuno suonare alla porta. I due fratelli si bloccarono all'istante e sbarrarono gli occhi nell'attesa e nella tensione. Si avvicinarono l'un l'altra e si presero per mano. Elettra stringeva a a sé anche il pupazzo Tommy con l'altro braccio. Edmondo corse ad aprire e, come si aspettavano, trovò i due poliziotti alla porta. Dietro di sé fecero capolino le teste di due signori elegantemente vestiti e dai modi raffinati. Carlo Villa era un uomo alto e in forma che dimostrava quarant'anni ma che sicuramente ne aveva molti di più. Aveva i capelli di un nero intenso e perfettamente in ordine; le rughe intorno agli occhi ne mettevano in risalto la stanchezza. Adelina Vanni era una donna abbronzata, anche se era appena primavera, che indossava un vestito giallo con fiori viola. Aveva un vitino stretto e dei capelli tinti di biondo platino; il trucco marcato era forse un tentativo di mascherare la faccia segnata da una notte insonne. Superarono i poliziotti e caddero entrambi in terra alla vista di Tommaso e Elettra che si tenevano la mano. Pochi istanti dopo Adelina perse del tutto i sensi e i poliziotti si affrettarono a soccorerla mentre Enol andava a prendere del succo di arancia con un po' di zucchero. I due fratelli rimasero paralizzati lì dove si trovavano. Carlo si alzò a stento reggendosi anche egli, guardò prima la moglie riversa in terra che pareva già rinvenire e poi i suoi due figli... tutti e due. *Insieme.* Adelina rinvenne del tutto e rifiutò sia l'aranciata sia l'offerta dei poliziotti di chiamare l'ambulanza. Invece si mise in piedi e tornò ad osservare i suoi due bambini, riuniti da un destino beffardo e la piccola Elettra che mai avrebbe sperato di potere rivedere. Ma era lei. Era la sua bimba. Era cresciuta e i segni della maturità apparivano già sul suo corpo laddove il seno iniziava a diventare più tondo e il viso a diventare più maturo. Infine colta dalla confusione, allargò le braccia e Elettra ne approfittò per correre verso di loro e lasciarsi cullare dal loro abbraccio.

I due genitori le sussurarono qualche parola all'orecchio.

<<Sono contanta di avere dei genitori. Mi siete mancati! Lo sapevo di avere una famiglia>>

Il viso di Carlo e di Adelina si rigò di lacrime silenziose. Carlo alzò lo sguardo su Tommaso che non si era mosso da dove si trovava. Guidato forse da un senso di pietà allungò un braccio verso di lui per invitarlo a partecipare all'abbraccio e la madre imitò poi il gesto. Tommaso fece per muoversi poi ci ripensò e scosse la testa. Il viso dei genitori si mutò in una maschera di dolore ma si ricomposero in fretta mentre riempivano di baci la piccola Elettra.

<<Sei bellissima>>

<<Ci sei mancata>>

<<Ti vogliamo bene>>

<<Ora torniamo a casa>>

Furono alcune delle cose che Anselmo riuscì ad udire e che rivolsero ad Elettra. Poi volse lo sguardo verso il ragazzo che osservava la scena con i pugni stretti e gli occhi lucidi. Il viso rosso pareva stretto nella rabbia.

<<Ve lo avevo detto che non era morta!>> sbottò infine Tommaso.

D'un tratto calò il silenzio nella stanza laddove Carlo e Adelina lasciarono per un istante la piccola Elettra e fissarono Tommaso con la bocca spalancata. Si guardono poi intorno nel tentativo di capire se la voce non fosse provenuta da un altro interlocutore. Poi si tornarono a guardare fra di loro come a volersi rassicurare a vicenda di avere udito bene.

<<Tu...>> fece il padre.

<<Tu... hai parlato?>> concluse la frase la madre.

Tommaso annuì.

<<Ma come...?>>

Il ragazzo alzò le spalle.

<<Ha ricominciato a parlare quando ha rivisto Elettra, ieri>> si intromise Anselmo avvicinandosi a Tommaso e dandogli una pacca sulla spalla in

segno di supporto.

A quel punto i genitori si guardarono intorno come se si rendessero conto per la prima volta di essere circondati da estranei.

<<Voi... chi siete?>> fece la madre.

<<Non ci siamo neanche presentati>> affermò il padre pronunciando poi il nome proprio e della moglie.

<<Anselmo, Enol>> fece questi indicandosi <<E Edmondo. Questi sono i nostri nomi. Anselmo ha aiutato molto Tommaso nelle ricerche della piccola Elettra e... anche noi due abbiamo dato il nostro contributo>>

<<Grazie>> riuscirono solo a dire ma vennero interrotti.

<<Non sono pazzo. Ve lo avevo detto che non era morta>> bisbigliò Tommaso con i pugni stretti e fissando il pavimento, come a volere ribadire il concetto ai suoi genitori.

La madre si guardò intorno, i poliziotti studiavano la scena con attenzione.

<<No...>> replicò allora <<no, che non sei pazzo>> Fece per avvicinarsi nel tentativo di abbracciarlo ma Tommaso alzò la mano e indietreggiò. Poi porse la mano nella direzione di Elettra che corse a stringergliela. I genitori osservarono la scena e Anselmo pur non conoscendo affatto quelle due persone fu convinto di avere visto nel loro sguardo il segno del pentimento e il dolore dei sensi di colpa. Quel dolore che si avvinghia al tuo cuore quando ti rendi conto che hai sbagliato, per tutto

quel tempo, e quando ti chiedi se sia possibile ancora rimediare. Era lo stesso dolore che aveva intravisto nel suo stesso sguardo negli ultimi quindici anni trascorsi da quella maledetta lite con Gaetano.

<<Ora che succederà?>> chiese Carlo nella direzione dei poliziotti.

<<Ci saranno molti documenti da firmare e delle procedure lunghe per riavere la custioda di Elettra>>

Si spostarono in cucina dove potettero compilare i primi moduli.

<<Ora potrete tornare a casa, ma sicuramente dovrete fare delle comparse di fronte al Tribunale dei Minori. Il caso verrà riaperto e dovrete prepararvi alla possibilità che la vostra storia finisca in Prima Pagina e quindi alla possibilità di essere investiti dalla curiosità di giornalisti e cittadini ficcanaso>>

I due si scambiarono un'occhiata lievemente preoccupata.

<<Sicuramente passeremo il caso alla polizia di Milano che potrà seguirvi più da vicino. Vi consiglio di cercarvi un avvocato se non lo avete ancora per le volte in cui il Giudice chiamerà voi e i vostri figli a testimoniare in Tribunale sull'andamento delle vostre vite. Potrebbero essere richiesti ulteriori accertamenti per confermare scientificamente che la bimba ritrovata ieri sia a tutti gli effetti Elettra Villa e si apre la possibilità che altre figure di esperti vi tengano d'occhio come

famiglia per qualche anno...>>

Il poliziotto più anziano si prolungò in ulteriori spiegazioni. Enol e Edmondo si erano un attimo dileguati per occuparsi di altre faccende, Elettra teneva per mano la madre, ascoltando ma non capendo del tutto ciò che il poliziotto riferiva ai suoi genitori. Anselmo si avvinò al ragazzo e gli domandò:

<<Come stai?>>

<<Stordito>>

Anselmo gli sorrise teneramente e gli diede una carezza affettuosa sui capelli.

<<Cosa farai ora?>>

<<Voglio stare con mia sorella>> replicò soltanto Tommaso.

<<E' tempo di ricominciare>> convenne Anselmo annuendo.

<<Ti sarò per sempre grato>> fece infine Tommaso puntando i suoi neri e grandi occhi in quelli del vecchio che spalancò i suoi, sopreso.

Non fece in tempo a replicare perché i poliziotti avevano terminato di fornire spiegazioni ai genitori e questi si erano avvicinati a loro:

<<Vieni con noi?>> chiese incerta Adelina, forse era spaventata dal possibile rifiuto di Tommaso <<stiamo per partire>>

Tommaso annuì.

<<Voglio stare con Elettra>> fece poi il ragazzo con convinzione.

I genitori annuirono ancora sotto shock per il ritrovamento della figlia data per morta e per la rinnòvata capacità di parlare dell'unico figlio con cui alla fine non avevano vissuto dato che gli ultimi sei anni li aveva passati totalmente fra un Istituto e l'altro.

<<Non tornerò in Istituto né ora né mai>> fece Tommaso infatti per ribadire il concetto raccogliendo da terra gli averi della sorella e i suoi; Anselmo glieli aveva portati la mattina.

I genitori si limitarono a guardarlo stupefatti da quella presa di posizione improvvisa ma non ribadirono. Uscirono di casa per caricare gli zaini dei figli dentro la Mercedes 190 del signor Villa. Si ritrovarono tutti all'esterno per un saluto: Anselmo, Ares, Enol e Edmondo. I poliziotti furono i primi a congedarsi con un saluto formale, dato che avevano terminato il loro lavoro lì e gliene aspettava altro alla Stazione di polizia; *in primis* si sabbero messi in contatto con i loro colleghi di Milano e il Tribunale dei Minori.

Elettra salutò tutti in fretta e con grande gioia. Salì sull'auto dove a stento riusciva a trattenere la sua eccitazione velata dalla paura del nuovo. Ma almeno Anselmo le aveva detto che era normale essere felici e spaventati allo stesso tempo. Tommaso accarezzò Ares e gli diede un bacio sul muso; il cane ricambiò il saluto. Abbracciò poi velocemente Enol e Edmondo e poi si fermò davanti a Anselmo. I due si fissarono negli occhi comunicandosi a vicenda gratitudine. Poi il ragazzo gli si gettò al collo e pianse. Gli sussurrò:

<<Ti voglio bene>> poi si voltò in fretta e salì

sull'auto.

Anselmo sgranò gli occhi che si riempirono in fretta di lacrime e guardando verso l'auto che accendeva i motori disse:

<<Ci rivedremo?>> non si aspettava davvero che Tommaso lo avesse udito.

Poi il ragazzo si voltò, mise la mano sul finestrino e annuì. La macchina partì e tutti si salutarono un ultima volta con la mano. Anselmo si portò la mano al petto e fissò la macchina verso la strada imboccata finché non divenne un puntino all'orizzonte. Enol gli cinse una spalla con un braccio e lo strattonò in maniera affetuosa.

<<Quel ragazzo ti sarà grato in eterno>> gli fece poi.

Anche Edmondo gli diede una pacca sulla spalla:

<<Non preoccuparti, vi rivredrete. Questi tipi di profonda amicizia non conoscono fine>>

Poi i due amanti si congeradorno e tornarono all'interno della loro casa, alla loro ritrovata vita privata, lasciando Anselmo solo con i suoi pensieri mentre Ares gli si strusciava sulle gambe nel tentativo di comunicargli: *sono io, sono qui con te e ci sarò fino alla fine dei miei giorni. Ti voglio bene padroncino mio.*

Ma il cane non conosceva la lingua dell'uomo e tutto quello che riuscì a dire fu *wof* mentre seguiva Anselmo sul pick – up.

XVI

Anselmo e Ares tornarono a casa. Quando si chiusero la porta alle spalle il cane corse ad accucciarsi in attesa che il padrone gli servisse il pranzo cosa che non tardò a verificarsi. L'orologio segnava infatti le 13:00 ma lo stomaco di Anselmo continuava a rifiutare il cibo e lui lo accontentò. Per la prima volta la casa che lo aveva accolto per quindici anni gli parve stretta e carica di mancanze. Pensò a Gaetano e a Tommaso. Al coraggio che questi aveva avuto di perdonare e perdonarsi, di credere in se stesso e, soprattutto, di non rinunciare all'amore. Aveva creduto nell'amore ed era stato ricompensato da esso quando aveva abbracciato sua sorella. Aveva *creduto*, che ci fosse speranza, che da qualche parte qualcuno era ancora lì in attesa di lui. D'altro canto gli aveva anche dimostrato che, un figlio, fatica a perdonare gli errori di un genitore. Una volta però gli aveva confessato che, nonostante tutto il male che gli aveva afflitto suo padre, lo avrebbe sicuramente perdonato se solo gli avessero chiesto *scusa*. Ritornò alla mente a Gaetano e prese a camminare avanti e indietro nel piccolo spazio che la casa gli permetteva di percorrere. Si domandò se non fosse troppo vecchio affinché anche lui *credesse*, nell'amore e se mai in suo figlio ci fosse stato posto per il perdono. Così la paura di un suo rifiutò tornò a farsi strada come un serpente viscido fra le fessure del suo cuore e della sua mente. Allora il pensiero volò di nuovo a Tommaso e al suo coraggio. Fu così che capì che ormai era troppo vecchio per avere paura e che doveva dimostrare di tenerci all'amore del figlio, che gli mancava come manca l'acqua a un pesce arenato e che quegli anni senza lui erano stati privi di vita, aridi come il più caldo dei deserti. Per cui preso dall'impeto del momento afferrò un borsone e vi infilò alla rinfusa dei ricambi. Alzato il materasso prese mano ad alcuni dei suoi risparmi.

Si voltò verso Ares e proclamò:
<<Stiamo partendo, Ares. Torniamo ad Agrigento!>>
Wof!
<<Ho paura>> ammise <<quindi stammi vicino, *ok?*>>
Il cane gli stampò un bacio sulla guancia.
Con mani tremanti prese le chiavi del pick – up e insieme ad Ares salì su di esso. Si accese una sigaretta e dopo aver imboccato la strada prese la via per il viaggio che più di ogni altra cosa lo terrorizzava. Avrebbe rivisto il figlio; e allora sarebbe stata l'ora della verità, non ci sarebbe

stato più spazio per nascondersi. Ad attenderlo ad Agrigento ci sarebbe stato il perdono o la distruzione del suo cuore.

L'inizio del suo viaggio fu privo di ostacoli fisici perché non si era imbattuto in traffico, anzi procedeva a una velocità spedita. Si era però dovuto fermare a rifornire di benzina il pick – up e allora l'ansia che lo aveva accompagnato negli ultimi anni gli sussurrò all'orecchio *scappa, torna indietro!* Fu difficile per lui non ascoltare quella parte di sé che gli chiedeva di tornare a nascondersi nella sua casina, dove nulla poteva ferirlo più di quanto non lo avesse già fatto. Ma infine riuscì a resistere alla tentazione di fuggire dalla sua paura stessa e ripartì per il viaggio. Alle 15:00 superava il cartello di Trento e imboccò l'autostrada. Alle 16:30 si rese conto di avere sorpassato lo sbocco per Verona e che quindi aveva oltrepassato i confini del Trentino – Alto Adige per la prima volta, in quindici anni. Accostò in Autogrill per permettere ad Ares di sgranchirsi le zampe. Poi entrò al suo interno dove acquistò un panino con cotoletta e una bottiglia di acqua. Il moto ritmico della macchina era riuscito a tranquillizzare momentaneamente le sue ansie e il suo stomaco era tornato quindi a borbottare di fame. Gustò il panino in pochi istanti e si chiese se alla sua età fosse ancora in grado di compiere un viaggio così lungo. Castelmezzo distava da Agrigento circa 1600 km e quindi 16 ore di viaggio in auto se non si fosse mai fermato lungo il tragitto. Se invece di procedere verso Sud per poter percorrere la distanta che divideva il Trentino – Alto Adige dalla Sicilia avesse guidato per 1600 km verso Nord al termine dei 1600 km sarebbe giunto ben oltre Copenaghen in Danimarca, percorrendo ben tre diversi Stati.

Riprese il viaggio. Alle 18:00 arrivò all'altezza di Modena e a quel punto le fatiche del viaggio iniziavano già a farsi sentire. Anche Ares era già inquieto, non era abituato a rimanere sul pick – up per tempi così lunghi e quindi accostò per un'altra pausa. Verso le 20:30 giunse a Firenze e accostò nuovamente per permettere a se stesso e Ares di cenare e riposare. Ripartì un'ora più tardi, la schiena e i piedi gli dolevano per il tanto guidare. Rifornì nuovamente il pick – up di benzina per evitare che lo abbandonasse in luoghi ignoti. A 00:30 aveva raggiunto l'altezza di Orvieto. Era ormai sfinito per cui entrò nell'ennesimo Autogrill per potersi dissetare. Ares appariva provato dal viaggio quanto il suo padrone. Anselmo soppesò l'idea di entrare in città alla ricerca di un hotel in cui dormire mentre accarezzava il suo cane. Poi scartò l'idea in quanto avrebbe impiegato chissà quante altre ore per trovare un posto che avrebbe accolto volientieri anche Ares. Per cui distese i sedili del pick – up per permettere a lui e Ares di stare più comodi; chiuse le portiere e si lasciò andare in un profondo sonno. Si risvegliò alle 05:00 del mattino con le prime luci dell'alba che filtravano dai suoi finestrini. Lui e Ares fecero colazione al bar dell'Autogrill e ripartirono alle 06:00. Alle 07:30 era già all'altezza di Roma, ma la distanza che ancora mancava al termine del suo viaggio lo sfiniva al solo pensiero. In più, minori erano i chilometri che lo dividevano da Agrigento, e maggiori diventavano i battiti del suo cuore al pensiero di rivedere Gaetano. Verso le 10:00 giungeva a Napoli; dove fece una pausa e ripartì una mezz'oretta più tardi. Erano quasi le 14:00 quando arrivò verso Cosenza era riuscito a guidare senza fermarsi, apprifittando del fatto che Ares dormisse. Lo vedeva leggermente provato ma ormai non mancava molto e lo accarezzò per incoraggiarlo. Scesero dal pick – up e pranzarono con l'ennesimo panino che gli proponeva l'Autogrill. Alle 15:00 ripresero il viaggio. Alle 17:00 arrivarono a Villa San Giovanni: la punta dello Stivale dell'Italia. Lì avrebbero dovuto prendere il traghetto per Messina e arrivare ufficialmente in Sicilia. Gli occhi di Anselmo luccicarono di commozione quando pagò il biglietto del traghetto e salì sopra di esso. Ares fu lieto di scendere dal pick- up sull'imbarcazione anche se alla vista del mare sotto di essi si spaventò appena. Verso le 18:00 erano a Messina. L'odore dell'aria della Sicilia gli appariva già diverso, sapeva di *casa*, perché quella era la Regione che lo aveva visto nascere e crescere. Cenò con Ares con prodotti tipici della zona che gli portarono alla mente ricordi dell'infanzia quando a casa della nonna osservava lei e la mamma cucinare le prelibatezze che avrebbero assaggiato di lì a breve. Allora la casa profumava di buono; il padre la domenica la passava al bar della città a bere alcolici e a discutere di calcio con gli amici. Per cui la domenica era una bella giornata per Anselmo perché sua nonna e sua mamma quando lui non c'era non mancavano di fargli sentire il loro affetto. Un tempo aveva sentito parlare di uno scrittore vissuto molti anni prima che aveva mangiato una madeleine e i profumi e i sapori di quel dolce avevano aperto la porta della sua mente per la ricomparsa di ricordi persi da tempo. Mentre gustava il suo pranzo e ne assaggiava i profumi Anselmo si sentì come quel famoso scrittore francese di cui non ricordava il nome. Decise di chiedere informazioni per trovare un hotel che accettasse anche la presenza di cani. Era decisamente provato dal tanto guidare e anche in Ares leggeva i segni della stanchezza. Trovò infine un bed and breakfast fatiscente ma la stanchezza fisica che provava lo spinse ad accontentarsi. Per cui si fece una doccia veloce e appena toccò letto, sia lui che Ares crollarono in un profondo sonno.

Quando si risvegliò era l'alba del terzo giorno. Il pensiero insistente di Gaetano era una stretta al suo cuore. Quindi si diresse verso la sala in cui servivano la colazione, con Ares al seguito, nel tentativo di distrarsi e calmarsi.

<<Buongiorno, che bel cane>> lo accolse cortesemente una commessa.

Lui sorrise e si mise a sedere. Il pensiero andò a

Tommaso, si chiese come stava vivendo i primi giorni della sua nuova vita. Si domandò se era riuscito davvero a sfuggire alle grinfie dell'Istituto e se fosse tornato a vivere sotto il tetto dei suoi genitori con la sorella. Come la famiglia che un tempo erano stati e che era morta il 2 luglio 1984. Si ricordò che i genitori di Tommaso si erano separati, chissà se l'amore per la ritrovata Elettra sarebbe stato sufficiente a fare cessare le liti fra i due coniugi che si protaevano da decenni. Mentre sorseggiava il suo cappuccino gli tornò alla mente anche il gusto del latte della fattoria di Enol. Quasi non si strozzò quando si rese conto che non aveva riferito all'amico la sua intenzione di partire, nell'impeto del momento. Era certo che Enol fosse passato per casa sua ad assicurarsi che stesse bene dopo la partenza di Tommaso e chissà quali congetture aveva fatto circa la sua scomparsa. Sicuramente era preoccupato, per cui si alzò di scatto e si diresse verso il bancone.

<<Posso aiutarla?>> fece subito la receptionist analizzando la sua espressione.

<<Posso utilizzare il telefono?>>

La ragazza dietro il bancone lo guardò sconcertata, erano le 06:00 del mattino e non doveva capitarle spesso che qualcuno chiedesse a quell'ora di telefonare ma gli indicò comunque l'apparecchio.

Anselmo conosceva a memoria il numero dell'amico, glielo aveva ripetuto fino allo sfinimento egli stesso; *nel caso di emergenze, chiamami dannazione* gli ripeteva. Sentì il telefono squillare a vuoto per due volte. Dopodichè scrisse il numero di Enol su un foglio e lo passò alla receptionist con del denaro.

<<Le chiedo un favore>>

<<Dica pure>> lo osservò confusa la ragazza.

<<Più tardi le chiedo di riprovare a comporre questo numero e a chi risponderà riferire: Anselmo sta bene, va ad Agrigento dal figlio>> Anselmo osservò il denaro sul bancone.

La ragazza sorrise e annuì.

<<Lo farò sicuramente>>

<<Grazie>>

Fatto questo Anselmo terminò la sua colazione ma prima di lasciare la stanza per cui aveva pagato si diede un'altra ripulita e mise indosso degli abiti puliti.

Alle 07:00 era ripartito con il suo pick – up e il suo fidato Ares.

Alle 10:00 del terzo giorno di viaggio la scritta *Benvenuti ad Agrigento* lo accoglieva, carica di speranze.

XVII

Guidò per altri dieci minuti dopo il cartello che segnava l'inizio di Agrigento dopodichè parcheggio in un quartiere a lui noto e scese in strada insieme ad Ares:

<<Siamo a *casa*>> fece con occhi colmi di commozione verso il suo amico a quattro zampe.

Wof!

Ares scondizolò e iniziò a camminare al fianco del padrone annusando la diversa aria del posto. Tanta fu la meraviglia e la nostalgia che colse Anselmo nel ripercorrere le strade che lo avevano visto nascere, crescere e maturare. Ai suoi occhi balzarono subito i cambiamenti. Lì dove c'era il forno della Vecchia Piperita in cui ogni mattina andava a comprare il pane quando aveva otto anni, ora sorgeva un mini market. E dove era solito comprare il gelato quando aveva tredici anni, ora vi era un parrucchiere. Non esisteva più il parchetto fuori dalla scuola che lo aveva accolto al liceo, quello dove aveva dato il primo bacio alla sua Anita, ora vi era un parcheggio. Mentre attraversava la città insieme al suo cane, nella sua mente danzavano i ricordi della sua vita. Il profumo della città era diverso da quindici anni prima ma le note della vita di Agrigento risvegliarono in lui ricordi carichi di commozione. Infine arrivò in una quartiere noto per il benestare dei suoi abitanti e il cuore gli saltò un battito. Aveva avuto modo nel suo lungo viaggio di ragionare a lungo su dove poteva dirigersi per ritrovare suo figlio e quel quartiere gli era sembrato un buon inizio. Le case erano tutte curate laddove si poteva notare che gli abitanti non avessero badato a spese. Molte erano le facce sconosciute che incontrò, altre invece gli erano note. Non si prese la briga di fermarne nessuna di esse per ricordargli chi fosse e parlare delle loro vite trascorse lontani. Non era quello il suo obiettivo, aveva in testa e in cuore solo la volontà di ritrovare suo figlio. E si rese conto in quell'instante come quel pensiero potesse diventare ossessivo. Gli tornò in mente il sorriso e l'ostinazione di Tommaso mentre correva per il sentiero roccioso e ne veniva fuori soltanto ore più tardi, ricoperto di fango.

Si era seduto su una panchina a riposare mentre accarezzava il suo cane. Osservava ciascuno dei passanti nel tentativo di rintracciare il volto che tanto aveva sognato di rivedere. Infine si voltò e non ebbe dubbi:

Era un adulto, era diverso ma era lui. Gaetano attraversava la strada verso la sua direzione, stringeva con entrambe le mani due buste della spesa. Indossava un pantalone elegante e una camicia bianca, le maniche erano arrotolate mettendo in mostra i muscoli tesi e le vene del braccio. La fronte era imperlata di sudore e fissava un punto indefinito di fronte a sé; il cellulare nella sua tasca continuava a squillare ma lui lo ignorava. Quando lo aveva visto l'ultima volta, suo figlio, aveva ventisette anni e l'aspetto di un ragazzino che sogna il Mondo nelle sue mani. Ora era un uomo adulto, con i capelli scuri curati e gli occhi azzurri carichi di sicurezza, perché infine il Mondo lo aveva davvero stretto fra le sue mani.

Anselmo si alzò e mosse qualche passo incerto nella sua direzione finché le sue gambe smisero di rispondere ai suoi comandi e apparvero pesanti come piombo. Si bloccò sul marciapiede in attesa o forse nella speranza che lui potesse notarlo. Soltanto una decina di metri li separavano. Gaetano puntò velocemente il suo sguardo su di lui e fece per passare oltre poi si bloccò all'istante e Anselmo potè giurare che il suo respirò cessò. Gaetano si tornò a voltare e rimase anch'egli immobile a fissare l'uomo che si trovava davanti.

Dopo qualche istante di esitazione le sue labbra si mossero:

<<Papà>>

Furono le prime parole che dopo quindici immensi anni Anselmo potè sentire fuoriuscire dalla bocca del figlio. Gaetano fece cadere le buste della spesa in terra mentre Anselmo si lasciava andare in un lungo pianto trattenuto per troppo tempo. Cadde ai piedi del figlio e li strinse con le mani piangendo come un piccolo bambino indifeso. Gaetano lo toccò incerto come ad assicurarsi che fosse reale la persona davanti a sé.

<<Papà… papà ti prego alzati>> fece con voce rotta e cercando di tirarlo sù.

Anselmo si fece aiutare a rimettersi in piedi mentre le lacrime continuavano a fuoriuscire senza controllo dai suoi occhi come un fiume in piena che straripa sulla pianura circostante. Prese con mani tremanti il viso del figlio fra le sue e ne tracciò i contorni.

<<Sì viecchiu>> gli fece Gaetano osservando i suoi lineamenti segnati dal tempo.

<<Anche tu sei invecchiato>>

Detto questo Anselmo trovò il coraggio di abbracciare il figlio.

<<Mi sei mancato come la vita che non ho più avuto negli ultimi anni>> gli confessò poi.

Anche Gaetano allora pianse e strinse a sé il padre.

<<Perché sei sparito?>> riuscì a dire prima che il pianto si fece più rumoroso e affondando la testa sulle spalle del padre.

Anselmo gli accarezzò i capelli e ne ispirò il profumo della pelle; era il profumo di uomo non più del ragazzino che aveva lasciato. Si scostò appena perché potesse guardarlo in viso. Poi puntò lo sguardo a terra e rispose:

<<Mi sono odiato per quello che ti ho fatto e sono scappato perché… perché avevo vergogna. Mi odio,

Tano, perché ti ho fatto del male>>

Sentendosi chiamare col il nomignolo della sua infanzia Gaetano scosse il capo carico di commozione poi guardò confuso il padre mentre ragionava sulle sue parole:

<<Intendi... per la lite?>>

Anselmo non riuscì a trattenere l'emozione del momento e sentì i suoi muscoli tremare appena:

<<Che uomo orrendo farebbe del male a suo figlio? >> lo disse con un filo di fiato e con un tono così basso che Gaetano dovette avvicinare l'orecchio per poter udire.

Dopodichè si fece serio mentre domandava, incredulo:

<<E' per questo che sei andato via?>>

Anselmo non rispose. Gaetano prese allora a scuoterlo per le spalle:

<<Quindici anni papà! Sono passati quindici anni! >> gridò.

Sentendosi chiamare nuovamente *papà* Anselmo scoppiò a piangere di nuovo. Ma Gaetano insistette:

<<E' per questo che sei andato via? Per la lite?>> il tono della sua voce era alto.

Anselmo annuì e replicò:

<<Provo disgusto per me...>> non riuscì a terminare la frase.

Gaetano lo prese a scuotere nuovamente per le spalle e urlò:

<<Ma io ti avevo perdonato!>> prima di scoppiare a piangere.

Anselmo rimase immobile, sotto shock prima di riuscire a balbettare:

<<Ma come... in che senso...?>>

A quel punto una piccola folla di curiosi si era riunita nel marciapiede di fronte osservando la scena e uno di loro aveva gridato nella loro direzione:

<<Va tutto bene?>>

Gaetano trovò allora la forza di fare il segno dell'*ok* con la mano prima di chinarsi a raccogliere la spesa. Fece gesto ad Anselmo di seguirlo verso una panchina più appartata. Ares seguì i loro passi e si accucciò ai piedi del padrone quando presero posto a sedere. Rimasero immobili e in silenzio per dieci interminabili minuti poi Gaetano ruppe il silenzio e indicando Ares affermò:

<<Che bel cane>> poi si chinò ad accerezzarlo e notando la medaglietta legata al suo collare ne lesse il nome <<Ciao Ares, fai compagnia a mio padre?>>

Wof!

Anselmo iniziò allora a tremare vistosamente e si portò le mani alla testa fissando un punto per terra.

<<Stai bene?>> si preoccupò Gaetano e gli posò una mano sulla spalla.

<<Per quindici anni mi sono nascosto da te...>> sussurrò <<avevo paura che non mi perdonassi e che mi odiassi come io odio me>>

<<Non riesco a capire perché hai pensato questo... >> riuscì soltato a replicare Gaetano, scuotendo il

capo lentamente.

<<Eri in Ospedale. Perché io ti ci avevo mandato>> puntò il dito verso il proprio petto <<Perchè sono una persona orribile>>

Fece una breve pausa poi ricominciò:

<<Eri incosciente e ti ho guardato da dietro il vetro della stanza. Ho osservato la tua sofferenza poi ho distolto lo sguardo che si è posato sul mio riflesso sul vetro, ma non ho visto me, in quell'istante ho visto mio padre e allora ho capito la nullità che ero>>

<<Papà...>> iniziò Gaetano <<tu hai sbagliato... ma io ti avevo già perdonato. Sei mio padre e io ti amo. Ora, prima, per sempre>>

Gaetano abbracciò il padre e insieme piansero tutto il dolore che li aveva separati.

<<Tutti questi anni...>> riuscì a dire Anselmo.

<<Non ci pensare e smettila di parlare male di te. Mi sei mancato>>

A quel punto Anselmo sentì che l'aria non riusciva ad entrare nei suoi polmoni. Un compito, respirare, che fino a pochi istanti prima gli era sembrato così naturale ora appariva difficoltoso. Gli tornarono in mente gli esercizi di respirazione di Tommaso e gli venne da sorridere. Gaetano si scostò e gli appoggiò una mano sulla spalla, Anselmo allora alzò lo sguardo e lo punto negli occhi di suo figlio. Poi nell'impeto del momento gli baciò la guancia e potè osservare il suo Tano, un uomo grande, tornare bambino per un secondo mentre gli occhi gli si caricavano di commozione.

Stettero una mezz'oretta in silenzio a rimettere insieme i pezzi di una storia persa e a placare le forti emozioni del momento. Fu Anselmo a rompere il silenzio questa volta:

<<Voglio sapere che uomo sei diventato...>>

Gaetano si voltò a guardarlo e gli sorrise. Era un sorriso bianco e maestoso, identico a quello di quando era un bimbo, poi un bambino, poi un ragazzino e ora un adulto. Non era cambiato, il suo sorriso, e Anselmo fu contento di essere vissuto per vederlo di nuovo sbocciare sul suo volto.

<<Vieni con me>> gli fece poi Gaetano.

Notando che il padre tremava ancora per l'emozione lo prese per un braccio e lo condusse in un ristorante vicino dove si sedettero insieme ad Ares. Sembrava surreale agli occhi di entrambi che quel momento stesse esistendo per davvero e pareva come se tutti e due aspettassero di risvegliarsi da un momento all'altro. L'emozione lasciò lo spazio all'imbarazzo del ritrovarsi insieme in un'attività così comune dopo tanti anni di assenza. E quando il cameriere passò a prendere l'ordinazione sembrava che entrambi si fossero dimenticati come si faceva a parlare per cui balbettarono qualcosa di incomprensibile e infine si trovarono tutti e due a dovere mangiare un'insalata che non volevano. Gaetano sentì il cellulare nella sua tasca tornare a squillare e dopo avere letto il nome si assentò un secondo per poter dire alla moglie che avrebbe tardato a tornare a casa e gli avrebbe spiegato il motivo al suo rientro.

Tornò dopo essere stato al bancone del ristorante e avere comprato due birre Peroni.

<<Ricordo che ti piaceva... ti piace ancora?>> chiese Gaetano.

Anselmo sorrise e annuì. Poi, impacciati, fecero toccare le due birre e sorseggiarono il contenuto.

<<Come stai?>> disse infine Anselmo rivolto al figlio, una frase che mai aveva contenuto così tanti significati come in quel momento.

<<Sto bene, ho ritrovato un padre>> a Gaetano scappò una risatina nervosa e Anselmo dovette combattere con tutte le sue forze per non scoppiare nuovamente a piangere. Si ricordò di Tommaso che dopo avere pianto a lungo dopo avere rincontrato Elettra si era promesso di non piangere ancora di fronte a lei, non quel giorno. Si fece la stessa promessa.

<<Ho una moglie, Pamela, e tre figli. Carlo ha sette anni, Krizia sei e il piccolo Francesco due. Una vera peste>>

Anselmo sorrise.

<<Lo so>>

<<Lo sai?>>

<<Qualche anno fa, chiamai Rino e gli chiesi di te>>

Rino era un vecchio compagno di scuola di Anselmo.

Gaetano sorrise ma era un sorriso velato di tristezza, non commentò.

<<Anche tu eri una peste da piccolino ma poi sei stato il bambino e il ragazzo che più mi ha riempito

il cuore di soddisfazioni>>

Gaetano si lasciò sfuggire una risatina:

<<Dubito sia la verità>>

Anselmo sapeva che il figlio si riferiva alle liti, che avevano preceduto il periodo prima di quella maledetta ultima Lite, in cui lui si lamentava spesso dei progetti di vita di Gaetano.

<<Sono sempre stato fiero di te e ho sempre voluto il meglio per te... ma penso di avertelo dimostrato nei peggiori dei modi>>

Gaetano annuì poi disse:

<<Sono il Direttore di un'azienda che si occupa di import - export di prodotti come cibo, vestiario e altro>>

Non notando sorpresa nello sguardo del padre aggiunse:

<<Ma tu sapevi anche questo... vero?>>

Anselmo non rispose:

<<Alla fine sono l'unico fra noi due che non conosceva nulla delle sorti che avevi avuto... ho pensato fossi morto, papà! Ho pianto per te>>

Anselmo si alzò di impeto e andò fuori dal locale per prendere una boccata di aria, sentì lo sguardo di Gaetano puntato sulla sua schiena e bruciargli. Tornò dentro a sedersi soltanto dieci minuti - e una sigaretta - più tardi.

<<Sparirai di nuovo?>> furono le parole del figlio che lo accolsero.

Anselmo scosse la testa ripetutamente.

<<No. Mai. Mai più voglio perderti>> prese la mano del figlio nella sua <<ti voglio bene Tano>>

Gaetano si lasciò sfuggire un verso di dolore strozzato dal pianto che cercava di trattenere:
<<Anche io>> riuscì infine a dire bisbigliando <<ti voglio bene, papà>>
Pranzarono raccontandosi alcuni aneddoti degli anni separati. Gaetano gli raccontò dei suoi studi all'università a cui si era iscritto a ventotto anni. All'università aveva conosciuto Pamela. Il loro non era stato amore a prima vista ma un amore nato lentamente, fra incomprensioni e confessioni. Soltanto dopo tre mesi di appuntamenti si erano concessi un primo bacio. Si erano laureati entrambi con il massimo dei voti, studiando insieme fino a tarda notte. Infine sempre insieme erano riusciti a trovare il lavoro dei loro sogni. Avevano creato una famiglia, una piccola oasi di pace. Infine Gaetano volle sapere tutto delle sorti che aveva avuto il padre. Anselmo gli raccontò allora del suo viaggio fino a Castelmezzo e della volontà di fermarsi; dei suoi anni di isolamento forzato e dell'incontro con Ares che lo aveva cambiato. Gli raccontò di alcuni abitanti del posto: di Carmela che da Agrigento si nascondeva lì per evitare che lo Stato la trovasse a causa dei suoi enormi debiti, del macellaio Terry Brooks che dopo avere perso la moglie fuggì dalla Svezia per trovare riparo a Castelmezzo, culla dei cuori infranti. Gli parlò poi di Enol e delle sue mucche e del suo amore ritrovato, Edmondo. Ma non gli parlò di Tommaso, non ancora. Quella era una storia che avrebbe dovuto trovare un secondo momento per

essere raccontata; perché in quell'istante Anselmo sentiva di dovere dimostrare quanto amore provava per il figlio e che lui era il baricentro del suo cuore.

Camminarono tutto il giorno chiacchierando degli anni persi e presto fu sera. Fu quindi il momento di separarsi. Gaetano doveva tornare dalla sua famiglia, gli chiese del tempo per elaborare le emozioni della giornata e per riferire ai suoi figli, per la prima volta, che avevano un nonno. Anselmo capì e disse che quella sera stessa sarebbe ripartito, aveva delle faccende da sistemare a Castelmezzo e ogni suo risparmio nascosto sotto il materasso che sperava che nessun estraneo avesse trovato in sua assenza. In realtà sapeva di dover lasciare a Gaetano il tempo di elaborare la situazione. Era piombato nella sua vita dal nulla, uscendo da una tomba che il figlio pensava lo avesse accolto negli ultimi anni. Sentì che la cosa giusta fosse allora ripartire sperando poi che il figlio decidesse che la sua presenza nella sua vita era ancora necessaria.

XVIII

Impiegò una settimana a tornare a Castelmezzo. Lui e Ares fecero molte soste lungo il tragitto e si godettero il paesaggio di città che non avevano mai visitato e la lentezza di un viaggio che aveva conosciuto la leggerezza del suo cuore dopo che si era tolto il peso più pesante di dosso. Ad Anselmo fece bene quella settimana di pausa durante la quale potè rimettere insieme i pezzi del puzzle che componeva la sua vita. Sapere che Gaetano non lo aveva mai odiato, anzi lo aveva perdonato quasi subito dopo la lite che lo aveva portato a fuggire, era stato un duro colpo da mandare giù per Anselmo. Questo perché quella consapevolezza portava con sé una verità: se Anselmo non fosse fuggito nessuno di quegli anni lo avrebbe separato dal figlio. Come sarebbe stata diversa la sua vita, allora?

Erano domande pesanti, che alla sua età non poteva permettersi di rispondere. Decise quindi di godersi il regalo che la vita, e il suo coraggio, gli avevano fatto: l'amore del figlio. E capì come Tommaso si era sentito quando, dopo anni di lotta, era stato ricompensato anche lui dall'amore, quello della sorella.

Ad attenderlo a Castelmezzo trovò la piccola casina che lo aveva visto invecchiare. Nessuno pareva avere forzato la serratura e quando entrò la casa aveva l'odore del legno di cui le pareti erano composte. Inciampò su qualcosa e notò che qualcuno aveva infilato sotto la sua porta due lettere, forse il postino. Doveva essere stata la prima volta che il postino passava per casa sua. Prese le lettere sorpeso egli stesso di avere ricevuto posta. Due erano i mittenti: Gaetano Bruno e Tommaso Villa.
Il suo cuore scoppiò di gioia ma anche di timore all'idea di cosa potevano avergli voluto scrivere i due ragazzi che avevano cambiato la sua vita.
Si mise a sedere sulla poltrona sfinito dal viaggio mentre Ares faceva lo stesso sulla sua cuccia. Posò la lettera di Tommaso sulle ginocchia e aprì per prima quella di Gaetano:

Ciao papà,
Come stai? Il numero che mi hai dato per telefonarti appare inattivo. Chiamami al numero 335.759.672 appena ricevi questa lettera perché sono un po'
preoccupato, spero che il viaggio del ritorno sia andato bene.
Ho parlato di te con Pamela e con i miei bimbi. Sono rimasti tutti sorpresi ed estasiati all'idea di incontrarti, ma non ne avevo dubbi. I miei figli

ora parlano di te in continuazione immaginano che aspetto puoi avere e poi ti disegnano. Dai loro amici a scuola hanno capito che i nonni fanno tanti regali ai nipoti. Devi sapere che i genitori di Pamela sono morti prima che avessimo i figli e quindi i miei bimbi non conoscono il concetto di "nonno", per questo preparati... ti chiederanno molti regali. Ma poi gli passerà, sono sicuro che quando ti conosceranno il regalo più grande sarà la tua presenza come per me lo è stato rivederti. Sono contento che hai preso questa decisione. Volevo parlarti di una idea che mi è venuta in mente... sono stato in diverse agenzie immobiliari in questi giorni. C'è una casina a un quartiere di distanza dal mio, è carina, è piccola e accogliente ed è in affitto. Ha un piccolo giardino di proprietà perfetto per un cane. Ho pensato... sarebbe ideale per te e Ares. Cosa ne pensi papà, torneresti ad Agrigento? Torneresti da me? Se avessi problemi di denaro non temere, potrei coprire io le spese... Solo, non sparire di nuovo ok?
Chiamami.
A presto,
tuo figlio
Gaetano

Anselmo si lasciò andare in un pianto di stupore. Se quello che stava vivendo era un sogno non si sarebbe voluto svegliare mai. Corse fuori ad avviare il motore che forniva elettricità alla sua casa che dopo due tentativi si mise in moto. Aspettò una decina di minuti che tornasse la linea al suo telefono e compose con dita tremanti il numero di Gaetano. Rispose al terzo tentativo.

<<Pronto?>> la voce dall'altra parte della cornetta appariva affannata.

Forse era in strada e stava camminando, immaginò Anselmo.

<<Sono papà>> disse con voce rotta dall'emozione.

<<Papà! Dio Santo ma che fine hai fatto! Ero in pensiero per te!>>

<<Ho impiegato più tempo del previsto a tornare a Castelmezzo, il viaggio è lungo e io sono vecchio… mi dispiace>>

<<L'importante è che stai bene…>>

<<Sì sì sto bene>> si affrettò a dire <<tu?>>

<<Sto bene. Immagino che tu abbia ricevuto la mia lettera se mi hai chiamato>> Gaetano lasciò la frase in sospeso di proposito e Anselmo sorrise.

<<Voglio tornare da te ad Agrigento, Tano. Ora e per sempre>>

Anselmo udì dall'altra parte della cornetta dei rumori, immaginò che Gaetano si fosse commosso ma non glielo chiese. Attese che fosse lui a riprendere a parlare.

<<Allora dico all'agenzia che prendiamo in affitto la casa>>

<<Certo che sì>>

<<E quando verrai?>>

<<Devo impacchettare gli ultimi quindici anni della mia vita; non ci vorrà molto ma ti farò sapere>>

<<Verrai in pick – up?>> chiese con voce

lievemente preoccupata.

<<Sì, ma stai tranquillo. Ne vale la pena>>

<<Non vedo l'ora di rivederti e farti conoscere la mia famiglia>>

<<Anche io, Tano. Anche io>>

<<Ora... devo tornare a lavoro ok, papà? Non sparire>>

<<Non lo farò, te lo prometto>>

<<Ok... ciao>>

La telefonata terminò lasciando qualche istante Anselmo ad ascoltare il *tu tu tu* del telefono mentre la sua mente elaborava il pensiero del suo prossimo ritorno a *casa*. Guardò Ares, avrebbe dovuto fare lunghe soste per permettere al cane di non stressarsi. Sarebbe partito dopo qualche giorno, il tempo necessario ad impacchettare tutto il necessario. Anche Ares sarebbe stato contento della nuova vita, ne era certo. Lo accarezzò mentre si sedeva sulla poltrona e apriva con dita incerte la seconda lettera, quella che gli aveva inviato Tommaso:

Caro Anselmo,
Come stai? Spero che questa mia lettera non ti rechi disturbo e ti trovi bene. Ti scrivo dal mio nuovo appartamento; è un monolocale che gli assistenti sociali mi hanno aiutato a trovare quando ho esplicitato la mia volontà di non tornare né in Istituto né a casa con i miei genitori. Ho scoperto che essendo maggiorenne da un anno avrei potuto decidere di mia spontanea volontà di non essere più

ricoverato in Istituto non avendo alcuna patologia mentale. Avevi ragione tu, Anselmo: non sono e non ero pazzo, ero solo ferito. Mi hanno chiesto come mai non volessi tornare a vivere con i miei genitori ma ho semplicemente detto che volevo la mia indipendenza e loro hanno annuito come se fosse la cosa più ovvia del mondo. In realtà ho detto la prima cosa mi passasse per la mente per evitare di parlare delle torture che mi hanno fatto vivere i miei genitori sotto il loro tetto. Non volevo che parlandone perdessero la custodia anche di Elettra e io la perdessi a mia volta, per sempre. Ho scoperto che gli assistenti sociali possono portare lontano lontano i bambini che non si trovano bene nella loro famiglia. Ma io sono sicuro che i miei genitori supereranno ogni test e che Elettra si troverà bene con loro. L'hanno sempre trattata con affetto e sono certo che continueranno a farlo. Non sono pronto a perdonarli perché loro non hanno ancora capito il male che mi hanno fatto, un male al cuore. Vado a trovare ogni giorno Elettra e cerco di godermi con lei l'infanzia che ci hanno rubato. E' una bambina simpatica e divertente, è gioiosa e carica di vita. Mi fa bene stare con lei. Ho svolto in questi giorni alcuni colloqui, voglio trovarmi un lavoro, uno qualsiasi. Magari potrei fare il barista, è un lavoro che ti porta a parlare molto con le persone e sarebbe ironico nella mia vita, non trovi? Oppure potrei fare il pizzaiolo, me lo avevi consigliato tu.

Ma non ti scrivo solo per farti sapere come vanno le cose a me ma anche per sapere di te. Ti sono molto grato, Anselmo. Tu sei un uomo buono e io ti "vedo", *mi dispiace solo che tu continui a non notare la bontà che alberga nel tuo cuore. Grazie, infine, per avermi ospitato, per avermi aiutato e per avermi fatto sentire a casa per la prima volta. Mi hai fatto capire come sarebbe stato se avessi avuto una famiglia nella mia vita, se avessi avuto te nella mia vita. E sono contento di averti incontrato. Ti voglio bene, Anselmo. Mi manchi, sai? Vorrei potessimo tornare in quella sala giochi a Trento dove sono riuscito a dimenticarmi del mondo esterno e vorrei passare le serate a giocare a carte con te seduto a terra vicino ad Ares. A proposito dagli un bacio da parte mia. E saluta tanto anche Enol e Edmondo.*

Vorrei sapere se ti posso venire a trovare di tanto in tanto a Castelmezzo, se non fosse di troppo disturbo per te. Ne ho parlato con Elettra ma lei non ha nessuna intenzione di tornare a Castelmezzo, ha paura che facendolo perderà di nuovo tutto. E come biasimarla. Sono convinto che un giorno però tornerà e allora la potrai conoscere meglio anche tu.

Aspetto tue notizie,

con affetto

Tommaso Villa

P.s.: ho comprato un cellulare. E' bellissimo avere un cellulare! Questo è il mio numero se mai decidessi di ricontattarmi: 333.456.729

Anselmo rimase qualche istante a fissare il vuoto con gli occhi colmi di lacrime e la lettera stretta al petto. Era contento che le cose andassero finalmente per il verso giusto nella vita di

Tommaso, se lo meritava. Quel ragazzo si meritava l'affetto del mondo intero. Mentre era proprio lui infine che ne aveva conquistato il suo, di affetto. Era grato per le parole che gli aveva dedicato nella sua lettera. Finalmente poteva non vergognarsi del sentimento di affetto che anche lui sentiva crescere nel suo cuore; aveva avuto paura che Tommaso non ricambiasse. Fece per alzarsi e comporre il numero di telefono ma poi ci ripensò e scrisse una lettera anche lui. Copiò l'indirizzo che aveva lasciato scritto sulla busta Tommaso, in modo che la sua lettera arrivasse al suo nuovo appartamento.

Ciao Tommaso,

Sono contento di sentire che la vita ti sta donando quello che meriti: l'amore di tua sorella e la serenità che non hai mai conosciuto. Non so di preciso cosa ho fatto per meritare il tuo bene... Vorrei che potessi capire quanto averti incontrato mi ha fatto bene al cuore e ha cambiato la mia vita. Infine sono io che ho appreso da te. Da quando sei partito per Milano, non sono riuscito a smettere di pensare al coraggio che hai avuto: quello di non perdere mai la speranza nell'amore. Sono salito sul pick – up con Ares e ho guidato in direzione di Agrigento. Ho impiegato tre giorni ad arrivare e sono riuscito a rivedere mio figlio, Gaetano. Non solo ho scoperto, con mia immensa gioia, che ancora mi vuole bene ma perfino che non mi odia per quello che ho fatto... mi aveva perdonato, sai? Tanto tempo fa. Ho scoperto che la distanza che ci aveva separati negli ultimi quindici anni era stata inutile e che sarebbe valsa la pena lottare perché terminasse. Ma questo l'ho imparato solo quando ti ho incontrato perché tu me l'hai insegnato. Alla mia età ho scoperto che avevo ancora tanto da imparare. Mi hai insegnato che l'amore può ferire ma può anche guarire; che non servono tante parole quando sono i gesti che parlano. Mi hai insegnato ad apprezzare le piccolezze della vita e a non smettere mai di sperare, perché la speranza e l'amore ripagano sempre.

Sei un ragazzo molto coraggioso, Tommaso, e mi hai insegnato che il coraggio non ha parole. Ti voglio bene.

Ma non chiedere il permesso per venirmi a trovare, perché tu puoi venire quando vuoi 'che sarei più che lieto di poterti rivedere. C'è solo un problema, non so quando riusciremmo a incontrarci perché presto partirò. Tornerò ad Agrigento insieme ad Ares perché Gaetano mi ha chiesto di tornare a vivere lì per potere stare vicini. Magari potrei deviare lungo il viaggio e venirti a trovare a Milano, che ne pensi? Ti lascio il mio numero di casa, lascerò il motorino dell'elettricità acceso così che possa ricevere le telefonate. Il numero è 0439. 12. 237. Teniamoci in contatto.

Magari potrai venirmi a trovare ad Agrigento se mai non ti fosse troppo scomodo, io ne sarei felice. Non vedo l'ora di rivederti e di parlare di te a Gaetano e di fartelo conoscere, andreste d'accordo ne sono sicuro.

Ti voglio bene e non smetterò di dirtelo perché ora ho due figli. E tu sei mio figlio per scelta.

Mi manchi tanto,

non sparire ok?

Con affetto,
Anselmo Bruno.

Anselmo si alzò, aprì la porta e respirò a fondo l'aria fresca della primavera. Il pomeriggio sarebbe andato in paese a spedire con posta raccomandata la sua risposta a Tommaso. Mentre ammirava il paesaggio di fronte a sé che presto avrebbe lasciato alle sue spalle, potè udire un rumore piacevole e familiare: i campanelli delle mucche di Enol che pascolavano di fronte casa sua. Vide l'amico e Edmondo sbracciarsi nella sua direzione per salutarlo. Fece un fischio ad Ares e insieme li raggiunsero. Gli avrebbe chiesto di passare la sera insieme per cenare e bere dello Scotch, avevano tanto di cui aggiornarsi e un saluto da farsi. Presto Anselmo sarebbe partito per Agrigento, per vivere il nuovo e ultimo capitolo della sua vita e sarebbe passato un po' di tempo prima che gli amici si sarebbero rivisti sotto lo stesso tetto a brindare: *a un nuovo inizio!*

RINGRAZIAMENTI

Voglio ringraziare *in primis* Voi lettori che avete dato fiducia a questa storia e vi siete inoltrati nei pensieri dei nostri Anselmo e Tommaso. A chi di voi aveva già letto il mio primo romanzo breve "Il segreto di Annette" dedico un forte abbraccio; voi siete i miei primi lettori e non vi dimenticherò mai.
Non è da tutti sostenere una scrittrice alle prime armi, per cui grazie ancora.

Voglio ringraziare Martina Donata Forte per avere illustrato la copertina.
Infine la mia famiglia e i miei amici che non si stancano mai di sentirmi parlare ad oltranza delle tante storie che ancora vivono solo nella mia testa.

Se volete contattarmi mi trovate su Instagram con il nickname:
il_mondo_di_melissa (Melissa Campisi)
Potete anche contattarmi via email all'indirizzo:
info.melissacampisi@gmail.com

Se volete contattare l'illustratrice della copertina, Martina, la trovate su Instagram con il nickname: donatus_mars (Martina Donata Forte)

A chi ha il coraggio di inseguire una speranza: *so che raggiungerai il tuo obiettivo!*

ABOUT THE AUTHOR

Melissa Campisi

 Melissa Campisi nasce il 20 agosto 1997 a Agropoli.

Frequenta il liceo delle scienze umane e si laurea in Educatore Sociale e Culturale presso l'Alma Mater Studiorum a Bologna.

Appassionata di scrittura e lettura fin da piccola, pubblica il suo romanzo d'esordio "Il segreto di Annette" su Amazon nel 2020.

"Il coraggio non ha parole" è il suo secondo romanzo.